# 河东笔记

## 涵一书屋诗抄

胡冰 著

中国社会出版社
国家一级出版社·全国百佳图书出版单位

**图书在版编目（CIP）数据**

河东笔记——涵一书屋诗抄／胡冰著．—北京：
中国社会出版社，2015. 7
ISBN 978－7－5087－5106－1

Ⅰ. ①河…　Ⅱ. ①胡…　Ⅲ. ①古体诗—诗集—
中国—当代　Ⅳ. ①I227

中国版本图书馆 CIP 数据核字（2015）第 169221 号

---

**书　　名：** 河东笔记——涵一书屋诗抄
**著　　者：** 胡　冰

---

**出 版 人：** 浦善新
**终 审 人：** 李　浩
**责任编辑：** 王晓燕　　**责任校对：** 高建春

---

**出版发行：** 中国社会出版社　邮政编码：100032
**通联方法：** 北京市西城区二龙路甲 33 号
**电　　话：** 编辑室：（010）58124812
销售部：（010）58124848
传　真：（010）58124870
**网　　址：** www. shcbs. com. cn
**经　　销：** 各地新华书店

中国社会出版社天猫旗舰店

---

**印刷装订：** 中国电影出版社印刷厂
**开　　本：** 145mm×210mm　1/32
**印　　张：** 6. 125
**字　　数：** 64 千字
**版　　次：** 2015 年 8 月第 1 版
**印　　次：** 2015 年 8 月第 1 次印刷
**定　　价：** 20. 00 元

中国社会出版社微信公众号

# 自 序

从2006年3月的“吏部”到“天下第一难”的群众工作一线工作，至今已经9年整了。随着党的十八大后的体制改革，在重新转换工作的时候，有必要对过去一些反映“业余性”思绪的片言只语，也就是所谓的诗词进行归拢，也算人生的一个片段记忆。否则，时过境迁，连思绪带文字都会杳无踪迹了。对于一般人来讲，愈年长成熟，留下的文字反而愈少，也算是中国特色了，但愿自己能够跳出这个怪圈。严肃性的文字可以没有，但趣味性的文字可以有，这也是当年文学梦的一种延续，即使对历史和社会而言并无多大意义，权作自娱自乐吧。

2009年前所做不多，因为岗位的缘故，每天突发性、创新性、技术性的工作过多，加班加点，觉都睡不够，精神格外紧张。粗粗汇集起来，110余首，大致分为6个专题。这里没有豪言壮语，没有无病呻吟，没有任务压力，反映的都是一些个人生活的侧面，或是真情的流露，或是心灵的呼唤，或是思想的印痕。虽多数以古体诗词体裁出现，但没有忸怩作态，没有显摆造作，没有生搬硬造，而是少时以来文学爱好的一种自然延续，是成年后“静水流深”的情感表达的一个天然窗口，是当年大学中文系教书时慢慢形成的一点职业爱好，是自己认为最简要最快捷记录情感的一种形式。而且几乎全部是在手机上匆匆完成，并以短信形式发给一些亲朋好友的。诗词中的“注”，多是随手所记，特别是一些词后边的“注”，诠释了该词牌对调式、字数、韵脚和平仄的基本要求，主要也是为了查阅方便。

写旧体诗词难的是韵脚，对律诗而言韵脚更严，平仄更讲究。诗歌自诞生以来就有韵脚，因为有韵，才能入乐。从诗三百，到楚辞，汉赋，唐诗，宋词，元、明、清戏曲，韵律一直都在演化中。先秦两汉无韵书传世，隋《切韵》193 部，《唐韵》206 部，南宋以来，诗人们多沿用平水韵 107 部，后合并为 106 部。近现代以来，随着古今音韵的变化，完全采用平水韵写作旧体诗，给人们带来很大困惑。押韵的目的是为了朗朗上口，铿锵悦耳，回旋优美，既然语音已变，仍强押古音韵，就显得牵强附会。因此，近年来，人们写作诗词就多以现代编的《中华新韵》、《诗韵新编》18 韵部为依据了，韵脚也就更加宽泛。自己以为，写旧体诗还是应该坚持传统，无传统不叫律诗；又要有发展，语言是活的，完全脱离现实语境的东西很难为当代社会所接受。所以，写作实践中自己对平仄、粘连、对仗要求严格一些，而韵脚有时依平水韵的要求，但多数依新编 18 韵写作，免得太受拘束而词不达意。旧体诗词一定要讲究平仄，这是诗词爱好者都知道的，但对于入声字的处理，存在一些不同观点，自己认为还是应该坚持传统，毕竟常用入声字也就三四百个，再说，有些词谱明确标明必须用入声韵。对一些现代已经演化为平声的韵字实践中自己则尽量回避，免得误解。本书中凡注明律诗的，自我感觉尚可，没有明显“犯孤平”（指仄平脚句型除韵脚外只有一个平声字）、“三平脚”（指平平脚句型句尾连用三个平声字）、“失粘”（指后联出句的平仄与前联对句的平仄不同）、“失对”（指下句的平仄与上句的平仄非对立关系）、“合掌”（指对仗中出句和对句词义、结构完全相同）、失“拗救”（拗救是指格律诗中出现“拗句”即违反平仄组合规则的句子时要进行补救）等现象，虽按平水韵要求有时有出韵现象，但比《诗韵新编》18韵要求又更严一些，也算一种探索。诗词创作永无止境，自感五律、七律创作难度更大，因而写的少，成功的也少。相对而言，其他古体诗创作就方便多了。而词是从诗发展来的，自我体会，平仄、韵脚宽于律诗，且生动灵活，易于表达，所以写的也较多。略显麻烦一点的是，要经常查查词谱，这也是古人讲的“填词”，其实也很有乐趣。

书中插页的一些书法作品均为“自拉自唱”，它是近年来自己书法实践的一个缩影。书写的内容都是自作诗词或诗词中的文字，插页在本首诗词的后面。之所以放到这里，是希望通过图文相映的形式，不至于让人翻书时太累。近年来，书法兴趣甚浓，自感书法在美化生活、快乐人生中的重要作用、无穷魅力以及传承传统文化、精神文明中的重要意义。上班途中经常想的是这个字那个字的写法，开会间隙也常在本子上练练书法线条，下班回家第一件事也经常是挥几下笔，在中锋、侧锋、藏笔、露笔、按笔、提笔、挫笔、转笔中享受乐趣。这样，由练字到运笔，由畅快到顿挫，由平铺到浓淡，由随意到章法，由力道到气势，由心有到手有，由健身到健心，时时有感受，天天在学习。常想，忝列中国书协会员队伍，总得对得起这一身份，水平有限，但精神状态可以无限好。整天一味重复书写古今名人诗词也有点单调，那就来点个性化的东西，自书自己的拙作吧，也好留点印迹，更激励自己墨海挥洒，在另一个行当里呼朋唤友，寻找乐趣，放飞心怀。

三“羊”开泰，春风又绿，看着窗外柳絮飘飞，感受着春意荡漾，一边整理这些“陈词滥调”，一边遐思联翩，愿春天的勃勃生机永远流淌在生命的长河中。

接着过去出版的河东笔记系列，把自己从书房——涵一书屋（欧阳中石题）里杂乱文字中挑拣出来的这些长短句小辑起来，取之名曰《河东笔记——涵一书屋诗抄》，以博大家闲时一乐。

是为自序。

2015 年 3 月 28 日整理，4 月 18 日修改

涵一書屋
中石

# 目录

## 澄怀弘道篇


水调歌头·海南 ……………………………………… (3)

天净沙·百年奥运 ……………………………………… (6)

延安行 ……………………………………… (7)

井冈山诗词一组 ……………………………………… (8)

之一：采桑子·黄洋界 ……………………………………… (9)

之二：山行 ……………………………………… (10)

之三：西江月·朱毛小道 ……………………………………… (13)

之四：清平乐·瑞金 ……………………………………… (14)

博士帽 ……………………………………… (15)

苏州歌行 ……………………………………… (17)

八声甘州·除夕 ……………………………………… (19)

感皇恩·新履职 ……………………………………… (21)

问　君 ……………………………………………………（23）
参　会 ……………………………………………………（24）
访少林寺 …………………………………………………（25）
夜游龙门石窟 ……………………………………………（26）
七律·过开封 ……………………………………………（27）
东湖毛主席旧居 …………………………………………（28）
过荆州 ……………………………………………………（29）
山城秭归 …………………………………………………（30）
三峡大坝 …………………………………………………（31）
读书好 ……………………………………………………（32）
除夕赠君 …………………………………………………（34）
浪淘沙·反腐 ……………………………………………（36）
乌夜啼·读史 ……………………………………………（38）
醉花阴·铁树开花 ………………………………………（39）

## 风雨行吟篇

荣与耻 ……………………………………………………（43）
赠中组部选派挂职锻炼干部联 …………………………（45）
调笑令·眼花 ……………………………………………（47）
如梦令·疗骨 ……………………………………………（48）
感怀七古 …………………………………………………（49）
忆人事 ……………………………………………………（50）
七律·老友相逢 …………………………………………（52）

浣溪沙·从事信访工作六周年 ……………………… (53)
领导接访日 ……………………………………… (54)
赠固始联 ……………………………………… (55)
赠商城联 ……………………………………… (56)
和谐商城 ……………………………………… (57)
雨霖铃·肠痛 ………………………………… (58)
西北行 ………………………………………… (60)
春节感言 ……………………………………… (61)
元宵节 ………………………………………… (62)
组　织 ………………………………………… (63)

## 情寄山水篇

七律·峨眉山 ………………………………… (69)
过无锡 ………………………………………… (70)
到镇江 ………………………………………… (71)
镇江南山晨练随感 …………………………… (72)
石头城沉思 …………………………………… (74)
七绝·紫金清晨 ……………………………… (75)
黄山散步 ……………………………………… (77)
沁园春·徽州风光 …………………………… (78)
五律·雨中游豫西老君山 …………………… (80)
西江月·鸡公山 ……………………………… (81)
深山小酌 ……………………………………… (82)

七律·尧山初秋 …………………………………………………… (83)
五律·中原大佛 …………………………………………………… (84)
下汤沐浴 …………………………………………………………… (85)
宛西山中 …………………………………………………………… (86)
过淇水 ……………………………………………………………… (87)
五律·靳家岭 ……………………………………………………… (89)
五律·太行峡谷 …………………………………………………… (90)
红旗渠 ……………………………………………………………… (92)
天净沙·鄂西南 …………………………………………………… (93)
清明登山拾句 ……………………………………………………… (94)
西部小城 …………………………………………………………… (95)
七律·塞上行 ……………………………………………………… (96)
秦　岭 ……………………………………………………………… (97)

## 秋月春花篇

丽江古城 ………………………………………………………… (101)
中秋答诸友 ……………………………………………………… (104)
牛年迎春联 ……………………………………………………… (105)
国　庆 …………………………………………………………… (106)
七律·除夕 ……………………………………………………… (107)
一剪梅·红鹦鹉 ………………………………………………… (108)
相思令·距离 …………………………………………………… (110)
江城子·观球 …………………………………………………… (111)

忆江南·三亚 …………………………………………… (113)
五律·黄寺小聚 ………………………………………… (114)
考察随感 ……………………………………………… (116)
五律·子夜品茗 ………………………………………… (117)
访渑池二首 …………………………………………… (118)
七绝·开封赏菊 ………………………………………… (119)
七律·南海 …………………………………………… (121)
五绝·郭尔罗斯草原 …………………………………… (122)
清　风 ………………………………………………… (123)
忆王孙·书法 ………………………………………… (124)
春　雪 ………………………………………………… (125)
只　要 ………………………………………………… (127)

## 芝兰馨香篇

党　校 ………………………………………………… (131)
答君问 ………………………………………………… (133)
西江月·呈欧阳先生 …………………………………… (134)
七律·四川行 ………………………………………… (136)
生日述怀赠诸友 ……………………………………… (138)
减字木兰花·笑傲江湖 ………………………………… (139)
梅花引·故友相聚 ……………………………………… (140)
谒金门·慈母 ………………………………………… (142)
如梦令·相聚 ………………………………………… (143)

鹧鸪天·冬饮颐和园 ……………………………………………（144）
祭吊先师 ……………………………………………………（145）
秋日有感呈兄 ………………………………………………（147）
赠友人 ………………………………………………………（148）
读兄诗回赠 …………………………………………………（149）
七律·南疆 …………………………………………………（150）
中秋前夕 ……………………………………………………（151）
天　府 ………………………………………………………（152）
温暖的眼睛 …………………………………………………（153）
减字木兰花·蕮野菜 ………………………………………（155）
假　若 ………………………………………………………（157）
也　许 ………………………………………………………（160）
鹰的空间 ……………………………………………………（162）
送　行 ………………………………………………………（165）

## 异国情思篇

马克思故居 …………………………………………………（169）
海德堡小城 …………………………………………………（170）
金门大桥 ……………………………………………………（172）
从爱丁堡到伦敦 ……………………………………………（175）
剑　桥 ………………………………………………………（178）

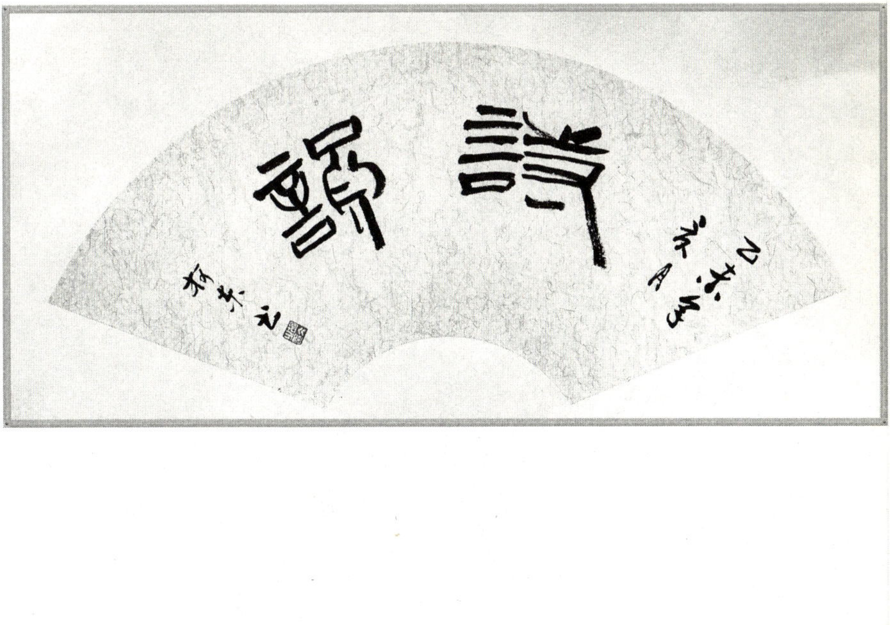

# 澄怀弘道篇

# 水调歌头·海南

才别长江尾，
又至亚龙湾。
蜈支洲外观海，
波浪动心弦。
更有七仙岭下，
鱼儿温泉共泳，
胜境在人间。
穿热带棕榈，
站博鳌论坛。
要改革，
图发展，
写巨篇。
江山一代，
浓墨重彩若干年。
各地方言汇聚，

异国肌肤竞美，
不夜和谐天。
一座海南岛，
处处是花园。

**注：**2006 年 11 月 10 日手机写于博鳌、海口途中。此次海南调研按中央党校进修部整体安排进行，本小组在海南籍同学导引下到海南实地考察。一路所见，一派欣欣向荣景象，为改革开放所取得的巨大成就倍感振奋。海南地理位置特殊，热带雨林气候下时时处处万紫千红，在可以预见的将来，必将成为祖国各地人民越来越喜欢的一座度假休闲的后花园。感谢海南的建设者，向你们致敬！本词牌双调 95 字，又名《元会曲》、《凯歌》，前后阕各四平韵，一韵到底。前后阕后段格式同，起首二句可用对仗。平仄依例（下同）。2015 年 3 月再修改。

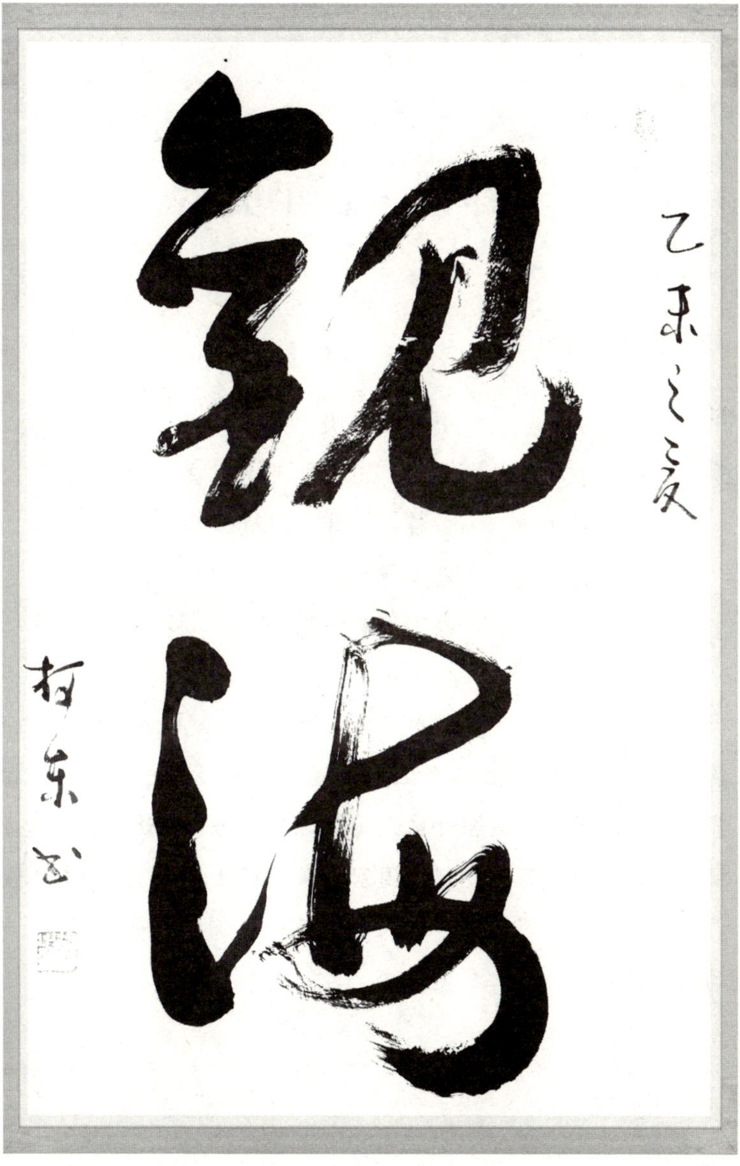
乙未之夏

# 天净沙·百年奥运

更高，更快，更强；
五环，旗帜，飞扬。
智慧，汗珠，力量。
鸟巢联想，
富中华梦荣光。

**注**：2008 年 8 月 8 日晚 8 时作于鸟巢，现场人山人海，气氛热烈。自己坐在主席台上方位置，心热天气也热，汗流浃背，心情激动。奥运会开幕式马上就要开始了！让我们一起祈福：百年奥运，百年梦想，国家富强，百姓幸福！本词牌入越调，单调二十八字，三平二仄韵（又一体例四平一仄韵），一韵到底，又名《塞上秋》。

# 延安行

细雨蒙蒙天气阴，
延安六月枣花飞。
一沟河水流不尽，
两岸高坡披绿茵。
宝塔山下事业大，
千佛洞里有真神。
泽东思想求发展，
实事求是乃灵魂！

**注：**2009 年 6 月于延安。久慕延安名，今日始得行，不来难得悟，一见即服膺。小小山沟，黄土高坡，干旱贫瘠，何以成就伟业？离不开的就是思想和精神。一个民族，一个集体，没有了思想精神就是一群乌合之众，有食即聚争，无食鸟兽散。因此，凡欲成大事者，一定要有思想，有追随者，有组织起来的队伍。思想是大海，组织是河道，加在一起，散漫的水流才能汇成滔滔大水，奔流向前。

# 井冈山诗词一组

**注：**2010 年 9 月作于井冈山。时在井冈山干部学院学习，为后备干部党性教育培训。学院组织了丰富多彩的实践教育课，深受同学们欢迎。茨坪烈士陵园、井冈山革命博物馆、茅坪八角楼毛泽东旧居、小井红军医院、黄洋界哨口、荆竹山雷打石、朱毛红军挑粮小道等，一个个具体的历史场景，一座座无言的丰碑，向人们述说、展示着博大精深的井冈精神，给我们带来强烈的心灵体验和情感共鸣，每一次现场教学课都是一次激情的精神洗礼，震撼着、促使着大家沉下心来深刻地思考历史、思考现在、思考未来。

# 之一：采桑子·黄洋界

人生半百精神爽，
曾过黄洋。
再上黄洋，
峻岭葱茏慨而慷。
载舟百姓心头记，
历史辉煌。
今又辉煌，
鱼水情谊万代长。

**注：**此词牌四十四字，双调，前后阕格式同，各两平韵一叠韵，一韵到底。又名《丑奴儿》、《罗敷艳歌》。两上井冈山，感觉不一般；前者为休闲，深悟在今天。作于黄洋界乘车路上。

# 之二：山行

山林昨夜雨清清，
哨口黄洋雾里行；
苍柏青竹生四野，
千旋百转下茅坪。
赣湘割据红旗举，
井冈精神天下赢；
已去斯人思想在，
源头活水是真经。

**注：**2010 年 9 月作。巍巍井冈山，不仅仅是共产党人的精神家园，还是我军武装斗争经验的萌芽地。群山环绕，道路崎岖，腹地纵深，气候宜人，物产丰富，正是游击战的好战场。数百年来各路绿林好汉不绝，长期生存下来的“打得赢就打，打不赢就跑”和“不要会打枪，只要会打圈”的作战原则和经验，自己以为也给毛主席的游击战十六字诀提供了丰

富的理论和实践依据，为当年红色政权的长期存在提供了军事技术上的参考。毛泽东思想的精髓在于实事求是，从实践中来，经过提炼升华，再到实践中去，完全符合辩证唯物论认识论的客观规律。人类社会的发展是个复杂而缓慢、表面混乱而实际合规的过程，只有把握并积极地推动了它，历史上才会留下印痕，并为后人所敬仰。

# 之三：西江月·朱毛小道

路隘山高坡陡，
脚沉气喘湿衫。
密林深处互扶搀，
谁比红军勇敢。
重走朱毛小道，
依稀炮火连天。
和平年代干群间，
聚拢民心不散。

**注：**此词牌五十字，双调，前后阕格式同，各两平韵一仄韵，同部平仄互押。又名《步虚词》、《江月令》。白天爬小道，夜间难入眠；衣衫全湿透，更知红军艰。干部先动手，群众无负担；鱼水相融洽，万事有何难。无论何时何地，只要为了群众，发动群众，团结群众，共同奋斗，就一定能够赢得广大人民群众的支持和拥护，这是古今中外所有执政者都应该明白的道理。夜深难眠，随写几句借以抒怀。2010 年 9 月作。

## 之四：清平乐·瑞金

车轮滚滚，
再走红军路。
了解民情嫌莫苦，
试看中青干部。
兴国转道瑞金，
长征贵在精神。
欲葆江山赤色，
科学执政为民。

**注：**此词牌四十六字，双调，前阕四仄韵，后阕三平韵，平仄换韵。又名《忆萝月》、《醉东风》。兴国，人称将军县，当年的青壮年几乎全部参加了红军，九死一生后，将军上百人。更值得感叹和纪念的是那些数以万计的有名无名的烈士们和他们的亲人家属！敬礼，共和国的英雄们！2010 年 9 月作。

# 博士帽

神往的博士帽，
这里传载的是知识，
表达了对职业的一种崇高的敬意；
这里体现的是态度，
流露了对生活的一种哲理的情趣。
如愿的博士帽，
这里学会的是思考，
培育了对人生的一种形而上的求索；
这里构建的是平台，
拓展了对友情的一种宽广的胸怀；
光辉的博士帽，
这里承继的是梦想，
诠释了对青春精神的一种更高层次的弘扬。
这里沉淀的是责任，
激励了对历史的一种不屈不挠的担当。

**注：** 作于2011年5月博士答辩之日。将近知天命之年，自己还在顽强地承继青年时期的梦想，坚持一些专业学术的学习。就现实而言，好像没必要这样做了，但不断学习、挑战自我，已然成为自己的一种人生乐趣，一种生命本能的追求了。经过三年的艰苦学习，终于迎来了5月15日下午答辩的这一刻。当听到答辩委员会主席宣布授予自己博士学位的决定、论文被无记名投票评为本届优秀论文的时候，真是百感交集，激动万分。作为博士班班长和同学代表，自己当场直抒胸臆发表了激情感想：感叹时光流逝，青年不再，这样的学习机会实在难得；感知孜孜不倦，学有所获，几年来得到的是综合的收益；感悟工作、生活、学习之有机统一，才是哲学的人生、快乐的人生；感谢所有授业解惑的老师们，给予支持的同学、同事与亲朋好友们，我将以实际行动与你们同行。

# 苏州歌行

初冬督导到南方，
两岸车流运河忙。
流水小桥拙政里，
高楼大厦矗水乡。
金鸡湖畔谈经济，
独墅周边遍外商。
岸上阳澄尝巴蟹，
人间已换沙家浜。
昆山昆曲有周庄，
县域开发第一强。
上海郊区富饶地，
苏州城外是太仓。
总值超过一万亿，
千载吴都换新妆。
换新妆，少信访，

科学发展永兴昌。
临行寄赠清凉语，
莫少湖塘岂天堂。

**注：**督导工作所到之处，皆繁荣异常，远远超出想象，所见所闻印象深刻，本想用手机记一点感受，禁不住洋洋洒洒数十行，成了行歌慢板的自由体，那就痛痛快快地宣泄一下吧，也算作对长江三角洲的一点感情贡献。拙政、金鸡、独墅、阳澄、沙家浜、太仓等均为地名。于2011年12月10日。

# 八声甘州·除夕

对萧萧落叶遍西山，
严冬锁峰峦。
更寒风凛冽，
枯枝摇落，
斜照窗前。
北国冰封雪冻，
万物苦冬眠。
辛卯除夕至，
又见龙年。
远处炮鞭响起，
想故乡千里，
庭扫贴联。
叹虚年五十，
难享儿时欢。
砚池边、

描习书法，
陋室吟、
读史比前贤。
激情处、
登楼望远，
独自凭栏。

**注：**此调97字，前后阕各四平韵，一韵到底，又名《宴瑶池》。今年春节将在香山脚下度过。虽山头积雪未消，想春天也不会太远了。年复一年的工作，总有突破的日子，还得坚持着。耳旁性急人家的鞭炮声，把思绪带回到少年时期。几十年来已很少在故乡过年了，但儿时过年的欢乐依然令人神往。今天，终于可以整理整理书籍，写几行字了。看到欧阳中石先生为自己书房题写的“涵一书屋”牌匾，心有几分惭愧，过去无书可读，现在有书难读，大好的日子一年年过去，而各方面成效不尽如人意。站立阳台，扶栏远眺，夕阳斜照，感慨良多。借此寄情以赠诸弟。农历2011年除夕。

# 感皇恩·新履职

喜二月天寒，
冯唐持节，
唤得梅花泛青色。
壬辰春早，
阵阵东风急切。
盼山花烂漫、飞蝴蝶。
天命之年，
壮心未灭。
莫要扬鞭老牛责。
凹平与否，
收拾犁铧耕穑。
青春人不老、为君业。

**注：**词牌源自唐教坊曲，双调六十七字，格式基本相同，各四仄韵。又名《叠萝花》。2012 年 3 月，工作岗位有所变

化，虽为小小僚吏，但接中央任命通知后，心情仍激动难抑，总觉得有东西欲一吐为快，查词牌得《感皇恩》一曲甚合吾意。虽年已五十，然青春依在，“廉颇老矣，尚能饭否”。本人算牛尾巴，牛的天职在于耕耘不已，那就振作精神，再披战袍，为党和国家及人民继续奋斗吧。

# 问　君

君自天上来，
人间视为奇。
分别虽数日，
见面如隔世。
神舟游太空，
鲲鹏九万里。
已知故乡事，
告了嫦娥未？

**注**：2012 年 6 月，神舟九号成功返航，乡人景海鹏老弟誉满全球。每次相聚，总欲问其天上事，引以为奇。

# 参 会

开会才为寻常日，
人民会堂总作宾。
今天最是值得记，
一手紧握“两代”人。

**注：**参加全国第七次业务工作会议合影，站第一排第一位，第一个与诸中央领导同志握手，大家笑称“第一手”，自己也倍感亲切温馨。“两代”，指上届与本届。口占几句以纪念。2012 年 7 月 13 日。

# 访少林寺

千年古刹卧嵩山，
中岳原居天地间。
方丈笑谈家常话，
民生善事“信”结缘。

**注：** 2012年8月13日路过少林寺访永信方丈。世界权威机构认定“天地之中”为中岳，是地球的中心点。少林寺居中更有禅意。永信方丈名中含信访之“信”，又同为百姓做善事，因之交谈尽欢。幸甚。

# 夜游龙门石窟

两山夹伊水，
千洞有佛身。
闲步夜观景，
赢得百姓心。

**注：**2012 年 8 月 16 日宿洛阳伊水河畔，但见伊河两岸整治一新，灯光灿烂柔和，群众自由散步，其乐融融也。

# 七律·过开封

月圆昨夜梦东京，
似锦欢歌舞太平。
遍野菊花黄寒露，
上河杨柳绿清明。
七朝典故流沙下，
千载兴亡史册中。
走访新区询发展，
座谈街巷采民声。

**注：**2012年9月6日于返回郑州途中。寒露时节，菊花盛开，开封市容市貌一派欣欣向荣，变化可谓大矣，繁华景象不亚于当年《清明上河图》描写之盛况。几天来走访开封各区县，昨晚又观看《梦回东京》大型演出，十分感慨。尤其是开封市的信访工作，领导亲力亲为，扎实有效，可为各地楷模。

# 东湖毛主席旧居

水光潋滟似画图，
四十四回至东湖。
万里长江常作伴，
得天独厚是斯庐。

**注：**2013 年 6 月 19 日出差住武汉东湖宾馆甲所，与毛主席旧居相邻。看毛主席当年 44 次住东湖时的相片，步毛主席当年来回踱过的小路，不由推想老人家当年的思绪，真可谓身在江汉，而胸怀中国与世界！得天独厚的自然条件，使一代伟人超然物上不断做着哲学思考，这正是东湖所作的独特贡献。

# 过荆州

千里慕名访荆州，
城墙巍巍楚国中。
兴亡江汉古今事，
信义最崇美髯公。

**注：**当年读《三国演义》，以为荆州地处险峻。今日观之，乃鱼米之乡与楚文化之中心区域也。此处文化灿烂，人文深厚，然流传最广、妇孺皆知的还是三国故事，而老乡关羽更是核心人物，堪称荆州市“老市长”，已然“忠信节义”之化身，世所推崇。2013年6月19日。

# 山城秭归

神奇秭归城，
只为藉屈平。
贤人知多少？
端午唱高风。

**注**：崇山峻岭中之秭归，蕴含道不出的灵气，行车至此，方可深悟屈原离骚句神幻想象之源头。钟灵毓秀，造就一代哲人、诗人、贤人，世代敬仰。年年端午，传唱着屈子的高风亮节，感召着中华子孙的高尚灵魂，熏染着华夏各族的道德精神！2013 年 6 月 20 日。

# 三峡大坝

坝长江面阔，
半山见城郭。
神女但无恙，
高峡任史说。

**注：**长江流域是中华民族发祥地之一，长江三峡举世闻名，三峡大坝堪称世界第一坝。长期以来，人们从不同角度总在演绎三峡故事，有历史留恋，有现实感叹，有未来解析。2013年6月20日。

# 读书好

读书是一种需要，
或工作或情感或生活。
就像一缕淡淡的空气，
看不见摸不着却给万物送来养料。

读书是一种享受，
或人间百态或群山大海或花卉虫鸟。
就像一煲浓浓的鸡汤，
色香味俱全带给人舒坦的美妙。

读书是一种责任，
或前代或今朝或创造。
就像一轮永无休止的接力赛，
在历史的进程中如夸父逐日般奔跑。

读书是一种境界，
或达观或现实或游遨。
就像一道没有边际的风景，
让人深深体味到生命和心灵的美好。

**注：**机关党委下发通知，要求建设学习型党支部。作为党委主要负责人，应邀与大家交流读书体会，结合感悟即席作了发言。稍作归纳，排列成行，有点自由诗的样子。2013 年 7 月 12 日。

# 除夕赠君

最喜此时拟小诗，
祝福一路伴君归；
龙腾万丈迎春至，
马跃千程逐梦飞！

**注：**2014 年 2 月，农历除夕。兄弟们个个归心似箭，最晚于除夕亦打道回府，旧岁结束了，新的一年就要开始了。人人怀揣梦想，但愿心想事成。用小诗一首给大家送去祝愿吧。

# 浪淘沙·反腐

反腐剑高悬，
接二连三。
检察纪检近楼前。
一失足成千古恨，
悔入牢监。

转瞬两重天，
地狱人间。
唏嘘同辈不堪颜。
清水衙门贪莫要，
岁岁安廉。

**注：** 本调又名《过龙门》、《炼丹砂》，五十四字，前后阕各四平韵，一韵到底。去年以来，本单位接二连三出现问题，属于拔出萝卜带出泥，小洞毁大堤，使人感叹，令人惋惜，让

人沉痛！说明有三：即使清水衙门，如放松管理和自律，也一样出事；做人要低调，高调者出事概率大，结果是不着调；无论穷富或贵贱，时时处处要有定力，历史的风浪会首先吹走没有定力的人。2014 年夏。

# 乌夜啼·读史

夜阑阅尽红楼，
几多秋。
淘尽风流人物、
“厚薄周”。
贪名利，
终将弃，
万年羞。
不若寻常心理、
早无忧。

**注：**本词牌双调三十六字，又名《秋夜月》、《上西楼》。前后阕后两句格式同。前阕三平韵，后阕两仄韵、两平韵。平仄换韵，“甲乙甲”。近两年来，反腐力度空前绝后，大老虎不断出现。“厚薄周”等人，由盛而衰，不过二三十年，演尽“红楼”故事，可谓黄粱一梦。过去从史书上看人，现在由人看史书，不承想活生生的历史故事就在眼前，令人感叹！2015 年 1 月。

# 醉花阴·铁树开花

铁树开花千载后，
年年看“青秀”。
隐隐浅黄球，
利刺凌空，
勇士犹披胄。

历春秋骨风依旧，
无意争肥瘦。
莫道不芬香，
只比苍松，
为把高洁守。

**注：**双调五十二字，前后阕平仄除第一句外悉同。各三仄韵，一韵到底。2015 年 3 月 26 日于广西南宁青秀山。人言铁树千年才开花，说明铁树开花不容易，第一次看见这么多的铁

树在青秀山同时开花，极其震撼。铁树名树实为花，为花不叫花，是低调；为花形似树，是高雅；为花不谄媚，是有节。花蕾别致，浅黄，球形，无味，哑光，静卧于树干顶部，不张扬，不招摇，不惹事，不争妍斗艳，不招蜂引蝶，不争阳光雨露，静静修身，默默守候，韬光养晦，只为铁骨铮铮，只为知己露容，只为山林守绿。

# 风雨行吟篇

# 荣与耻

以每天加班加点工作为荣，
以按时下一次班为耻；
以每天中午晚吃饭吃凉饭为荣，
以吃上一顿热饭为耻；
以每天没有时间喝水为荣，
以喝上一杯热茶为耻；
以每天看文件写文件为荣，
以看一次电视和报纸为耻；
以每天不与朋友联系为荣，
以主动外打一个电话为耻；
以每天午饭后抓紧工作、“事不过夜”为荣，
以午休一会儿为耻；
以每天“睁开眼睛干活、闭上眼睛想事”为荣，
以睡一个踏实觉为耻；
以不过一个完整的星期天为荣，
以周末休闲为耻。

**注：**写于2006年8月。虽为自我解嘲之顺口溜，但确实是这一段来生活的真实写照，可以说几十年来从没有像今天这么累过。不仅累，而且难，不论在京外选调干部、局内选拔干部，创建学习型机关、机关党建实践活动，还是央视演讲比赛、创作信访之歌，建设干部培训基地、干部挂职锻炼基地等方面，大多没有先例可循，都需要在党组领导下一边思考，一边创新，一边总结，一边完善，工作的紧张程度和付出的艰辛劳动实在难以言表。"事不过夜"、"睁开眼睛干活、闭上眼睛想事"均为领导要求。顺口溜本不算诗，但整齐的形式有诗的影子，况艰难困苦难以忘怀，抄录于此权作纪念。

# 赠中组部选派挂职锻炼干部联

昔我来兮，谈信访，做信访，思信访，个中酸甜苦辣留在心间；

今我去兮，奔事业，干事业，创事业，一段春风秋雨播洒和谐。

**注：**一批挂职的同志们去了，又一批挂职的同志们来了，他们有收获，有好奇，自己有感慨，有欣慰。信访群众的苦楚，信访岗位的艰难已慢慢为人所知，做好群众工作的本领也逐渐被重视起来。把信访岗位作为中央国家机关中青年干部挂职锻炼基地，始于去年。在领导们的支持下，作为具体承办人，自己多次向中组部有关局处汇报沟通，终于形成机制。我相信，假以时日，一定会结出一个多赢的“果”来。2009 年 3 月于挂职锻炼工作总结会上。

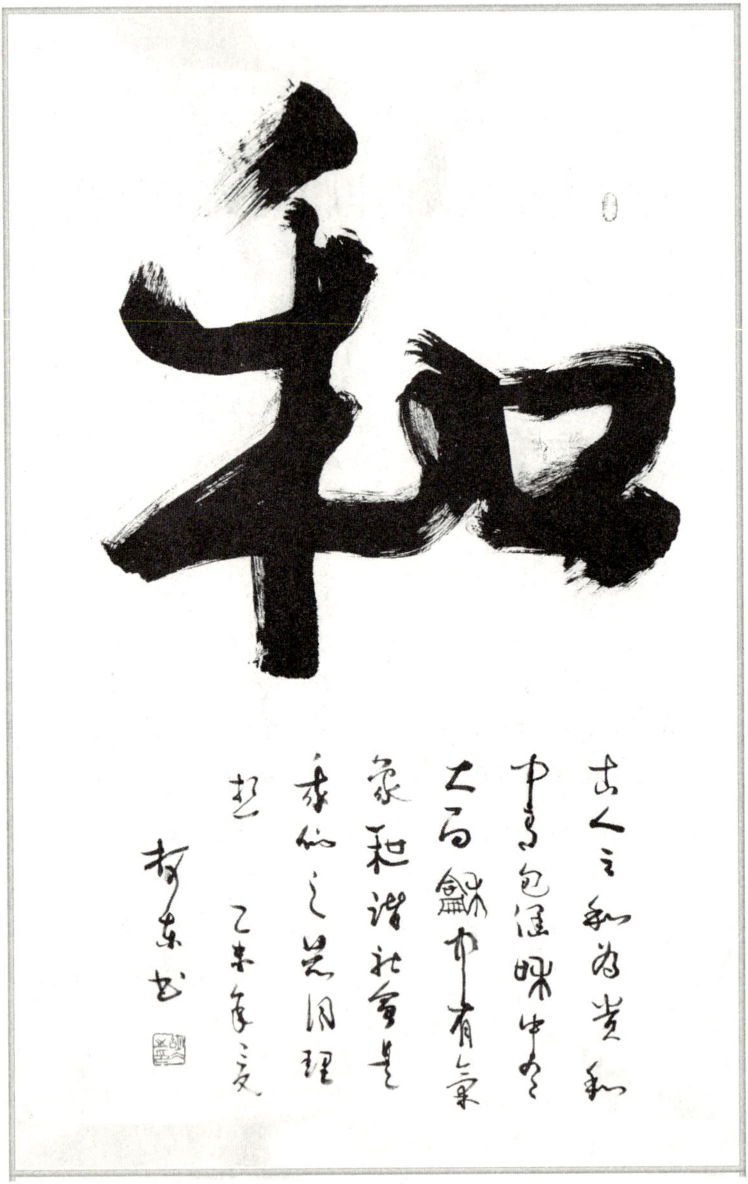
和
古人之和為貴和
中有包涵味中之
大局觀亦有氣
象和諧社會是
我們之共同理
想　乙未年之夏
樹東書

# 调笑令·眼花

投访，
投访，
百姓到京找党。
维权判案督察，
身累心焦眼花。
花眼，
花眼，
人到中年难免。

**注：**作于2010年。词牌源自唐大曲，宋黄庭坚裁取成词，单调三十二字，仄平仄换韵，双叠句，第二叠句颠倒上句末二字。近年来眼花严重，盖因看文件、看电脑、看手机过多，也有人说“四十八，把眼花”，年龄的原因。窃以为，信访工作太难太累太烦太苦之故也！

# 如梦令·疗骨

昨日驱车平谷，
排队农家疗骨。
遍问出门人，
却道手摸疾除。
真苦，
真苦，
扭拽拨抻拳杵！

**注：**词牌自五代庄宗李存勖制，原名《忆仙姿》，苏轼以原词有“如梦”句改此名。单调33字，六仄同韵，五六句重叠。近来颈椎、胸椎难受，主要是伏案工作过多。友人介绍平谷有个民间大夫怀祖传绝技，于是前往尝试，果然与众不同，劲足、手重、简洁，拳脚并用，十分利落！但愿能有效果。于2010年夏。

# 感怀七古

才别人事一年零，
又作督察同样情。
“备份终结”成规范，
资金专项使分明；
“三离”积案协调到，
“批件”核实现场行。
“劝返”京城怜百姓，
家安国泰是民生！

**注：**至2011年11月，从人事工作转岗督察工作已一年有余，无论办理领导批办件、督导基层劝返工作，还是处置“三跨三分离”历史积案、分配专项资金、依法终结三级上访案件等，都在有序有效进行，自己很有点成就感。适逢在外地召开经验交流会，有感而发与诸位同人共勉。

# 忆人事

经年人事太紧张，
劳苦身心意味长。
调干选拔讲公道，
“两推一述”有赞扬；
组织培训开新路，
锻炼挂职透天窗。
纵使前程多迷漫，
弟兄情义内心藏。

**注：**2011 年 12 月 6 日赠王兄。外出开会，共忆当年人事工作的紧张辛苦，感慨万分。每天操心劳神，殚精竭虑，活动连绵不断，人员进进出出，加班加点是家常便饭。在党组领导下，我们一起创造了“两推一述”选拔干部的好经验，受到中组部的肯定与推广；开辟了国内外四个干部培训基地，使干部走出去开阔眼界提高素质；大胆提出把信访部门作为中组部

选派干部挂职锻炼基地，让中央国家机关各部门和社会各界了解并支持信访工作，等等，使信访人事工作面貌焕然一新。期间，酸甜苦辣不能为外人道，工作累，压力大，心里更苦。兄弟之间相互支撑、帮助，为工作关系转为人生友谊而歌，并互道珍重。

# 七律·老友相逢

低头扎进信访门，
六载光阴相逼催。
胃滞肠炎肝火大，
眼花颈曲鬓毛衰（cui）；
冯唐渐老少人问，
勾践卧薪知复谁。
一觉何时自然醒，
阳光雨后进窗来（lei）。

**注：** 2011 年 12 月 7 日于宁波。看到会场众多老友，个个满头花白，老态龙钟，令人情绪难以自抑。遂拿起手机，私下里发点小牢骚，以短信发于友人。

# 浣溪沙·从事信访工作六周年

一寸光阴一寸金，
六年信访苦堪寻？
皇恩浩荡慰民心。

勿忘田园陶令赋，
何思江畔屈子吟。
满怀诗意恐登临。

**注：**双调四十二字，前阕三平韵，后阕起首句一般对仗，并二平韵到底。“沙”义应作“纱”，又名《小庭花》。至2012年3月底，从事信访工作已整整六年，酸甜苦辣难以言表。大家称，信访工作现在是天下第一难，没有尽头地坚持战斗在这样的岗位上，只要还食人间烟火，不可能没有一点想法。有感而发，算作自我安慰与鼓励吧。

# 领导接访日

楼外即闻人声沸，
含冤纸状满天飞。
四乡百姓来聚访，
不知领导可见谁？

**注：**群众见领导难，领导见群众也难，好不容易盼到领导接待日，群众争先恐后，可是不知谁有运气。2012 年 8 月 5 日带队赴河南进行为期三个月的十八大期间信访督导工作，7 日即到省信访接待大厅检查工作，正值省委领导接待日，上访人挤满大院，状纸遍地，人声鼎沸，吵吵嚷嚷。

# 赠固始联

用情百姓立足事要解决，
为善始终坚持治理源头。
横批：不愧固始。

**注：** 河南固始县历史悠久，其义来自史记“欲善其终，必固其始”。河南第一人口大县，而信访量倒数第一，信访工作经验值得推崇。2012年8月25日。

# 赠商城联

河堰遍布桂花飘香歌舞地，
信通民和吴楚故土英雄乡。
横批：商城宜居。

**注：**商城山清水秀，境内大小河流728条，遍地茶园，桂花树香，《八月桂花遍地开》歌曲诞生地。地处大别山腹地与鄂皖接壤，人称“吴头楚尾”，北国江南。当年鄂豫皖根据地建立于此，8万儿女为革命牺牲。2012年8月26日。

# 和谐商城

商城干部有智慧，
服务群众到村乡。
初信初访讲考核，
“三查三看”抓积访。
“四无”乡镇夯基础，
决策评估源头防。
用情用理理念好，
机制法制作保障。
鱼水交融山水秀，
八月桂花格外香。

**注：**2012年8月26日至商城检查工作发现，该县专项工作有声有色，值得肯定。“三查三看”为具体措施，“四无”为目标要求。以打油诗形式存之。

# 雨霖铃·肠痛

冬春时节，
已惊蛰后，
冷意凄切。
平常午饭食面，
随餐果奶，
维 C 何缺？
剧痛袭来滚倒，
觉脐下凝结，
欲唤起、唯有呻吟，
寂寞无应天地绝。

头晕目眩肠绞痛，
更哪堪、冷汗虚淋竭。
强撑病体如厕，
垂死样、怪魔猖獗。

怎奈当时，
经鬼门关外见离别。
这况味、难向人言，
命大惜年月！

**注：**近年冬春之交常犯肠痉挛，皆因工作繁忙吃饭不周，加上天气变化刺激而致肠胃不适之故也。每每疼痛难忍，有在生死线上挣扎一回之感，其时顿惜生命之迅忽，过后更觉生命之可贵！前日又犯，余感犹在，今戏之为词，以作笑资。2013 年 4 月 3 日。

# 西北行

翻山越岭为民忧，
走社看村听诉求。
处处争辩信访事，
人人皆知马家楼。

**注：**2014年7月督察至西部偏僻小镇，言及“非访”（非正常上访）积案，乡镇干部与村干部都到过北京救济分流中心马家楼，听罢震惊。小小的马家楼，成了基层干部心中的痛点。马家楼的功过，后人自会评说。

# 春节感言

清晨鞭炮起，
路阔行人稀。
草木仍萧瑟，
鸦雀亦无迹。
除夕访民至，
饺子备储急。
春节再巡探，
和谐待有时。

**注：**2015 年羊年春节值班于著名接访之地马家楼，以此感言短信回复大家并拜年！

# 元宵节

月圆正月举国欢，
人大政协会方酣。
接罢访民难举箸，
不知元宵苦或甜。

**注：**2015 年元宵节正值“两会”（人大、政协会议）期间，逢自己到接访中心值班，见上访者六七百人排着长队等待接访。与几位上访者分别谈话，无不涕泣涟涟，令人唏嘘。此时收到众多祝福元宵节快乐的短信，更加感叹元宵节仍有这么多可怜老百姓吃不上元宵，顺手以小诗一首复诸位同人，诚请大家多珍重，愿普天之下俱欢颜！

# 组 织

组织是实的，
有时却是空的。
有时是个人，
有鼻子有眼有笑容；
有时是集体，
看着有影寻找无踪。
靠集体也要靠个人，
集体有力量，办大事需要它；
个人有亲情，离开它真不行。
好消息一般来自个人，
代表的是集体模样；
坏消息一般集体出面，
背后藏着个人身影。
集体或个人，
实践加辩证。

组织离我们很近又很远，
有时能找到，
有时又不见。
有时是组织中人，
有时又不沾边。
你是组织中人时，
对他人好些，让人温暖点；
你在组织边缘时，
看组织淡定点，不然很难堪。

自觉不自觉，
都有个组织。
能耐大时，
积极靠拢组织，发展组织；
体力差时，
安心善待自己，为了组织。

组织用你，
成就的是集体，当然也有自己，常常很风光；
组织不用你，
幸福的是自己，损失的有集体，要能来回想。
风光不风光，
最后都一样；

有义或无义，
感觉在心里，
评判在世上。

**注：** 每个人都会时时面对人生转折，或成功或挫折，悲喜的多，淡定的少。心想事成者自不必说，凡心气不顺者，有组织的抱怨组织，没组织的抱怨老天，想开了，其实抱怨没有用。人生偶然，机遇也偶然，干什么都差不多，只要有欢乐、有意义就行。要视社会生活与大自然一样，顺应阴晴圆缺之变化，不以物喜，不以己悲，守住自己的信念，锁定自己的目标，实实在在，去追逐自己的快乐。2015 年 4 月。

# 情寄山水篇

# 七律·峨眉山

正是巴山夜雨间，
虫鸣窗外梦相连。
可怜闹市终年累，
偷得峨眉半日闲。
雾锁群峰缓缓动，
水流涧底淙淙欢。
普贤金顶佛光照，
莫管山行百道弯。

**注：**2011 年 10 月四川出差，沿乐山、峨眉山一线行进。第二次登峨眉山，一路又有二妹他们同行，心怀欢喜，住山下竹林中，晚上做梦也格外香甜。第二天盘山而上，风景优美，满眼祥瑞，佛光无限。

# 过无锡

鼋头渚上望三岛，
梅里城旁步蠡园。
今日灵山抱佛脚，
如来如愿保平安。

**注**：2011 年 12 月 11 日作。据说蠡园是为纪念范蠡而建，园小而雅致，景深而有韵。灵山大佛早有闻名，今日一拜，愿佑平生。鼋头渚、梅里城均地名。

# 到镇江

京口瓜洲一桥引，
西津渡口观古今。
金山水漫无中有，
法海同乡乃好人。

**注：**2011 年 12 月 12 日作。京口，今镇江市界，长江南岸。瓜洲，今扬州市界，长江北岸。西津渡，古渡口，在今镇江市内。“水漫金山”故事早有耳闻，但不承想历史上真有法海其人，还是山西人。真实的法海是个有为有道的高僧，与故事里的人完全两样，可叹编书人冤枉好人啊。

# 镇江南山晨练随感

草绿窗前霜满地，
鸟鸣山顶入耳来。
循声石径林疏处，
一片阳光扑我怀。

**注：** 2011 年 12 月 13 日晨起推窗，霜染绿地，空气凛冽，树叶摇动，鸟鸣啾啾，吸引人不得不走出户外。爬上山包，走进密林，抬头上望，忽然一缕耀眼的阳光斜射下来，浑身上下顿觉豁亮，随口吟出“一片阳光扑我怀”。

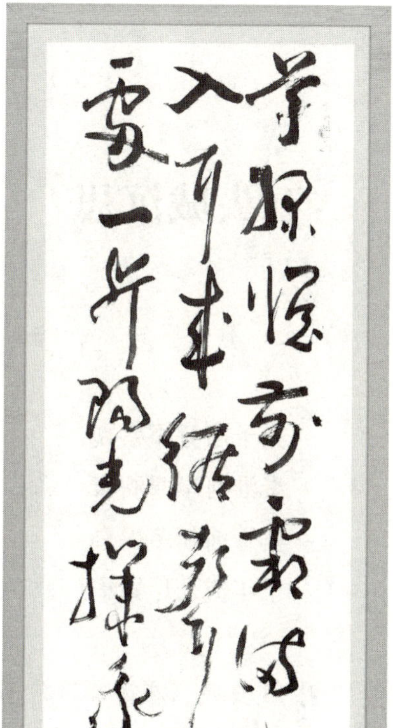

# 石头城沉思

夫子庙旁添盛宴，
秦淮河岸遍酒家。
莫管前朝多少事，
千年流水尽繁华。

**注：**2011 年 12 月 13 日晚，夜游秦淮河而作。千年秦淮，夜夜繁华，英雄故事，似水流年，日子看似一样，生活意义不同。朝朝代代的石头城，给后人留下了无尽的沉思。

# 七绝·紫金清晨

红枫苇草杂湖畔，
斜径行人爱早晨。
听任山雀鸣岸树，
惊来野凫荡波纹。

**注：**2011年12月15日宿紫金宾馆，山光水色林荫，环境清静优美，一早起来散步，惊得野鸟纷飞。此景此情，不由你不喜欢，清新可爱的早晨啊！

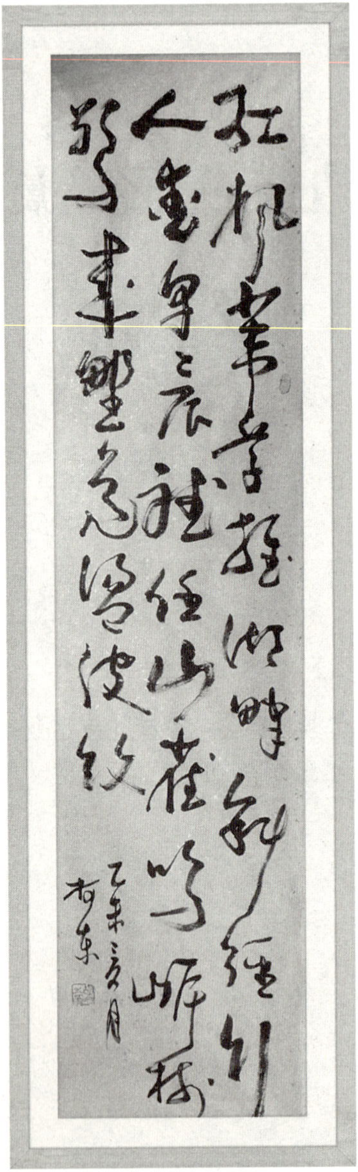

# 黄山散步

才看黑虎树，
又上狮子峰。
云里猴观海，
飞来石自横。
生花梦笔画，
听奏竖琴声。
人在山间走，
景观处处生。

**注：**散步者，谓轻松愉快，艰难处有赖索道矣。黑虎树、狮子峰、猴观海、飞来石、梦笔生花峰、竖琴松均为著名景点。对仗句随口吟出，似为天成也。2011 年 12 月 19 日于安徽黄山。

# 沁园春·徽州风光

如翠层峦，
箕踞皖南，
襟护宁杭。
望黄山叠嶂，群峰壁立，飞泉流响，云海茫茫。
万象随岩，千松会客，
造化忘情不尽藏。
徽似绣，
更一江绿水，
两岸茶香。

地灵人尚传承，
千百幢、
牌楼共祠堂。
数飞檐翘角，粉墙黛瓦；马头高耸，镂扇花窗。
纸墨戏班，魁星点状，

武将文臣红顶商。
川流去，
但涛声依旧，
无论沧桑。

**注：**沁园春词牌宜写风光句，凡一百一十四字，双调。前后阕后十句格式同，前四后五平韵，一韵到底，前阕四五、六七句、后阕三四、五六句多对仗，四个五字句为一四格式，平仄依律。徽州人杰地灵，以白墙灰瓦飞檐和高翘的马头墙为特色的古民居遍布，宋元以来名士甚多，哲有朱熹，武有胡宗宪，工有胡开文，文有胡适，商有胡雪岩，画有吴作人，戏有黄梅，徽笔胡墨宣纸歙砚皆精。尤以胡、江、吴、梅、朱几姓为代表，一些江姓、胡姓的祖籍均在此地，上下阕结句中“江、涛”二字一语双关。2011 年 12 月 21 日有感于徽。

# 五律·雨中游豫西老君山

久慕伏牛岭，
方寻是道家。
凌空建金顶，
壁立画岩崖。
风雨马鬃岭，
烟云悟道峡。
此中有真意，
思想自升华。

**注：**2012 年 8 月 18 日下午于下山索道中，手机发于友人。马鬃岭、悟道峡均为著名景点。

# 西江月·鸡公山

湖上南湾荡漾，
鸡公山里清凉，
位居鄂豫皖中央，
杉树林高富氧。

无数层峦竞翠，
百年别墅姓“洋”。
防空洞内论蒋公，
抗日精神传唱。

**注：**双调五十字，平仄依律，各两平一仄韵，同部互押。又名《步虚词》。“洋”，典型的西洋式建筑。蒋公，即介石也，公论其当年抗日还是有功的，应予肯定。2012 年 8 月。

# 深山小酌

老界岭头山林秀，
西峡深处鸟鸣幽。
蘑菇涧底宴土酒，
饮罢身心俱自由。

**注：**2012 年 9 月 9 日下西峡县老界岭后，于峡谷涧底木屋小酌。此时空气清冽，涧水淙淙，鸟鸣山幽，浑身通畅，十分惬意也。

# 七律·尧山初秋

尧山峻峭好风情，
栈道蜿蜒迎客松。
鹃木林前纤纤笋，
鳌鱼石侧步步升。
红枫谷衬青龙背，
群岭波托爱国峰。
待到秋深红烂漫，
还祈大佛佑太平。

**注：**尧山位居中原腹地，雄峻秀美。步移景生，景随心转。百年杜鹃干木虬劲，“红枫谷”、“青龙背”景色秀美。有诸峰似纤纤春笋，有众峰似人样鞠躬朝拜如步步升高状，更有最高处玉皇顶石，形如我国地图，呈雄鸡报晓状，余命之曰“爱国石”，自然该峰也是爱国峰了。其西南苍山如海，众岭如波涛汹涌烘托周围。站在顶端，远望中原大佛，云气缭绕，福莫大焉！2012 年 9 月。

# 五律·中原大佛

也曾朝圣地，
不料此风光。
白虎右边卧，
青龙左侧藏。
山前清河下，
雨后白云翔。
喜鹊枝头叫，
钟声万里扬。

**注：**中原大佛通高108米，加底座208米，为世界最高铜铸大佛。雨后登高，群峰环抱，祥云缭绕，喜鹊吱喳，佛光微现。又朗声祝福，撞钟三声，余音袅袅，福乐四播！当地随行人叹曰，此情此景难得一见，此我辈之福也！2012年9月12日。

# 下汤沐浴

有岭曰尧山，
《水经注》下汤。
气蒸林间静，
泉热坳中凉。
喷涌千秋爱，
脂滑一时康。
休言平日累，
洗后精气昂。

**注：**河南平顶山市下汤温泉，郦道元《水经注》里早有记载，历史悠久，水质优良。据说泡后神清气爽，防病治病，肤滑体康。试之信然。2012 年 9 月。

# 宛西山中

初临丹江水，
又进伏牛山。
黄汉两流域，
北南一岭间。
峡深藏龙蛋，
林密现豆杉。
“四圣”发迹处，
地灵已忘言。

**注：**南阳古称宛，位于鄂豫间伏牛山余脉。省界丹江水库为南水北调中线之渠首。伏牛山主峰老界岭海拔2200余米，为黄河、长江流域分界线。境内峡谷众多，物种丰富，文脉深厚，地灵人杰。西峡恐龙蛋化石天下闻名，红豆杉林极为珍贵。医圣张仲景、科圣张衡、商圣范蠡等诞生地，东汉刘秀、智圣诸葛亮等发迹于此。据说，现南阳籍院士亦数十人。不愧宛地灵秀、宛人多才。2012年9月。

# 过淇水

淇水泱泱，流自太行；鹤舞峭壁，源远商汤。
淇水荡荡，中原粮仓；掌控“浚滑”，千年圣王。
淇水汤汤，《诗经》传唱；“关关雎鸠”，万古流芳。
淇水漾漾，我心怀伤；所谓伊人，在天一方。
淇水朗朗，草木苍苍；鹭涛虎岫，地久天长。

**注：**淇水源自太行，流经古安阳今鹤壁注入卫河。殷商之都朝歌位居中原，在淇河之侧，所谓“酒池肉林”之奢侈可见当年繁华程度。《诗经》中数十首歌词皆与此关联，著名者听说有“关雎”等篇。浚县、滑县一带历来富庶，官方粮仓多屯于此，为兵家必争之地。附近大丕山，“鹭涛虎岫”，草木丰茂，千年庙会可与汴梁清明上河相媲美，让人流连忘返。漫步淇河岸畔，历代文人墨客顿浮眼前，一种浪漫情怀油然而生。2012年9月26日。

乙未之夏

# 五律·靳家岭

一岭两分界，
深沟耕数家。
远山含彩树，
野径映春花。
风染黄栌叶，
霜红灌木桠。
太行观秋意，
游客爱朝霞。

**注：**河南焦作青天河源自山西晋城，位居峡谷深处。谷底湍流清澈，两岸重岩叠嶂。豫晋分界处为靳家岭，远望漫山黄栌，土质富铁，红叶似火。秋风阵阵，冷意渐浓，染色逐深，映衬红颜。游人深叹生命至美，天造良景。2012 年 10 月 16 日。

# 五律·太行峡谷

太行天下美，
尽在雄浑中。
峭壁深千丈，
叠岩厚万重。
溪泉流谷底，
道路绕云空。
举目果实硕，
秋来山色红。

**注：**太行山山高谷深，重岩叠嶂，风景如画，雄浑壮美，林县境内大峡谷可堪代表。尤其悬空所凿之道路，高入云端，实为人间奇景。旧时交通不便处，于今为美院学生写生地和旅游胜地，皆因经济社会发展、时代变迁之故也。2012 年 10 月 19 日。

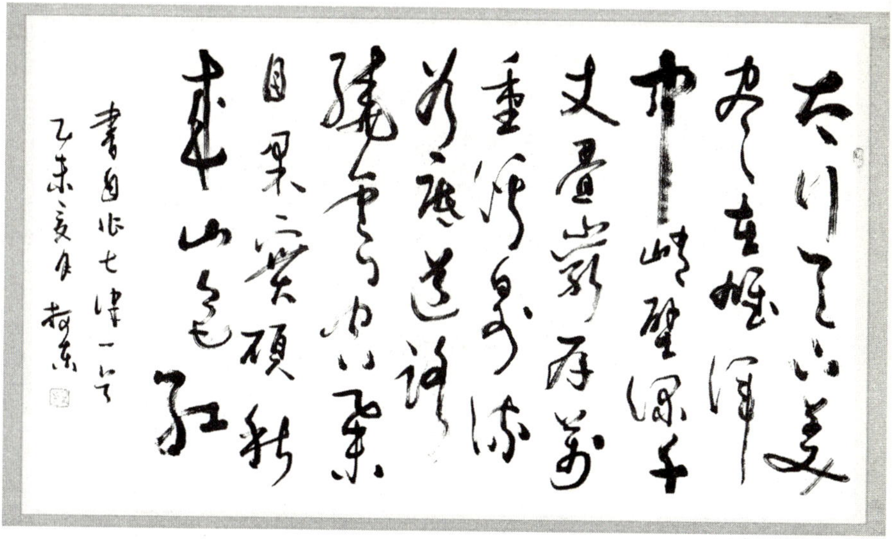

# 红旗渠

远望“红旗水”，
连绵崖谷间。
“天河”飘丝带，
漕渡入云端。
长度一千五，
秒流二十三。
山雄人性倔，
奋斗精神传。

**注：**河南林县红旗渠世称“人工天河”。林县世代缺水，20世纪50年代末该县人民怀着重整河山壮志，经30多万人历时5年，动土石1500多万方，终于引漳入林，干支渠长达1500公里，设计流量每秒23方，至今泽被乡人。有道是：英雄事迹可歌可泣，愚公精神万古传扬。2012年10月21日。

# 天净沙·鄂西南

崇山，峡谷，清江；
飞鸟，密林，高岗。
虹桥，隧道，村庄。
汽笛声响，
已穿千里画廊。

**注：**鄂西南属武陵山脉，山高谷深，江流众多，植被天然，风景秀美，人口自然稀少，以土家苗族为主。高速公路带来现代文明的同时，也打破了昔日的宁静、秀美与神秘，是耶非耶全在一个“度”字，愿为政者三思。本词牌入越调，单调二十八字，四平一仄韵（又一体例），一韵到底，又名《塞上秋》。2013 年 6 月 20 日。

# 清明登山拾句

郊外香浓已久闻，
独寻山径春意深。
林中花乱迷人眼，
登高回望长精神。

**注：**京城三月，香山植物园一带即花团锦簇，游人众多，道路拥挤不堪。虽不愿凑热闹，然久闷闹市亦不爽快，遂于清明节日另辟蹊径于西部野山。野外无处不春天，这里花也开，味也浓，春意更天然。登高远望京城，苍茫辽阔，地势起伏，楼宇密布，绿意蒙蒙，心胸豁然开朗。2014 年 4 月 5 日。

# 西部小城

日行百里宿小城，
一夜雨声至平明。
薄雾山头天际远，
黄河两岸草色青。
沟沟垴垴自然貌，
处处时时千古风。
久旱相逢主人悦，
半为甘霖半为情。

**注：**2014年7月9日赴甘肃白银督导有关工作，夜宿黄河边一小县城，夜半雨声淅沥，伴着睡眠格外香甜。清晨推窗观景，不由叹道：真是一场好雨啊！潮湿、静谧、葱茏、青翠、古朴、天然诸感一齐涌上心头。沿途虽然是访贫问苦，然干部群众无不笑意盈盈，热情非凡，不时有人说，送及时雨的来了。原来当地已几个月不见雨水了，依然靠天吃饭的西部旱情十分严重，我们来得正是时候，不，应该早点来呀！

# 七律·塞上行

车行塞北时气凉，
地阔天高满眼苍。
坡上牛羊追嫩草，
空中鹰隼舞秋阳。
风车甸顶千排景，
野树沟边五彩妆。
最喜雨来山花艳，
又闻腥土又闻香。

**注：**2014 年 8 月 13 日车行大同，同学相陪登上塞北甸子，空气清冽，草木苍苍，牛羊遍坡，百花争艳，一派独特的塞上景象。阵雨忽至，土腥扑鼻，夹杂淡淡花香。风车排排，电网密布，又呈现出一股现代气息，可见经济改革的浪潮已涌向祖国的角角落落。

# 秦岭

草甸五月雪，
秦岭千古风。
女娲遗石处，
域外览群峰。

**注：**2015年5月1日于秦岭分水岭上。分水岭山顶草甸海拔约2800米，一路爬行，由阔叶林到针叶林再到灌木丛，最后见荒凉草甸。放眼下望，群峰如涛，有“一览众山小”之感。山顶空气稀薄、凛冽，处处积雪未消，阴坡处时见“冰提溜”。有巨石两块，黑黢冷峻，突兀独立，似从天降。此千年意境，突然间引发人域外神游之万古情怀，快哉！快哉！偶尔兴之所至，不想竟有如此风光，值得一记。

# 秋月春花篇

# 丽江古城

走在古城光溜溜的石块路上，
感觉着两旁被岁月熏黑的阁楼，
抚摸褐色泥巴垒砌的围墙，
思绪随着挂在风中的大红灯笼在飞扬。

坐着道边粗糙原木砍斫的条儿，
品咂滇西特有的普洱老茶，
天南地北地吹着牛，
疲劳和烦恼都仿佛淡忘。
身旁的小溪哗哗地流动，
鱼儿在自由自在地穿梭；
着迷地看着游戏的鱼儿，
不小心又成了他人拍摄的影像。

抬头望着高高的蓝天飘荡着白云，

远处的雪山映衬着黛绿的草木，
呆呆地倚着古老的小桥，
一时间忘却了自身的存亡。
没有了时间，
没有了空间，
眯着眼睛，
看着金黄色的树叶在阳光下泛着光芒。

远处传来嗒嗒的马蹄声和着清脆的铃铛，
使人联想到遥远的茶马古道，
一群群牦牛和一顶顶帐篷，
还有那花枝招展的纳西族或摩梭族姑娘。
忘记了尘世，
忘记了喧嚣，
让心灵短暂地得到释放，
恍惚间竟不知身处何方。

这是一座寂寞封闭的高原小城，
千百年来存在人们的梦境中，
现在各种肤色的男女老少，
都喜欢到这儿踱着方步慢慢地思量。

**注：** 2006年11月15日，边走边想边发短信。今天党校

本小组同学来到丽江学习调研，这是自己第二次来丽江了。第一次是稀奇，匆匆忙忙，只为看景。小城重游，脚步与心情都慢了下来，反而感受到小城的神采与魅力。久居闹市，劳作繁忙，忽然间身居闲静之处，真是一种享受啊！快把这种感受传与大家共享。

# 中秋答诸友

信自西南来，
拳拳怀中意；
日从条山下，
月是故乡明。

**注：**2008 年 9 月 11 日短信回复于京都。友人的问候，让人思绪回到故乡。在“白日依山尽，黄河入海流”的地方，中秋傍晚时分，升起的月亮该是更加明亮。

# 牛年迎春联

戊子辞岁己丑踏春瑞气盈户；
满怀感恩淡泊如水耕耘若常。

**注：**2009 年 1 月 25 日夜回复众多短信。忙，依然是忙；所谓的“机遇”依然不存在。对于常人而言，因为没有“非常”的付出，有的只能是负重耕耘，机遇就是正常的“少”，非常的“有”。淡泊如水、安步当车是理智的，那么高高兴兴过好每一年吧。

# 国 庆

国庆时节寄国庆，
千山万水情意长；
云淡中秋月渐圆，
绿黄杨柳瓜果香。
甲子神州逢盛世，
华诞四海共举觞；
多少今朝不夜城，
同祈明日更辉煌。

**注：**2009 年 10 月 1 日晚。国庆之夜看着电视里天安门广场的烟火盛况，想起远在新疆的国庆老弟，老弟的名字起得好，举国同庆。国家兴，个人欢，个人欢，国家兴。因“国庆”而激发诗意，可能是自己不多的几首“口号式”的诗作吧。

# 七律·除夕

瑞雪纷纷迎玉虎，
金牛踏踏送丰年。
高堂挥笔填农史，
吾辈吟哦作短篇。
炮仗五更辞旧岁，
烟花夜半喜连天。
家圆国庆人康健，
满座亲朋俱欢颜。

**注：**2010年2月17日作仄起式七律一首。母亲2009年出版《咱农村女人这辈子》一书，被一些海内外媒体评为“中国农民第一书”，全书27万字，是母亲十年辛苦集成。此书其实也是一部悲喜交加的家史。2010年母亲被山西电视台等媒体评为山西省年度十大新闻人物。与此同时，自己也相继整理出版了几本书，心里美滋滋的，加上家里其他一些喜事，这两年可算作比较幸福值得一记的一段美好时光。除夕及至，举家团圆，逢朋友短信问候，思之念之，以诗谢答，不失为一种纪念也。

# 一剪梅·红鹦鹉

闲逗缸前鹦鹉游，
闪闪红鳞，
起起浮浮。
殷勤喂养盼安康，
小嘴微张，
宽尾轻收。

拍手嘬呼脚步柔，
似懂人情，
欢瞪双眸。
生活苦处可消愁，
鱼儿熙熙，
神态悠悠。

注：本词双调六十字，各三平韵，一韵到底，八个四字句

均仄仄平平、两两工整。又名《腊梅香》。偶观友人养鱼，名红鹦鹉，悠闲自在，憨态可掬。逗而忘忧，也算一乐。作于2010年夏。

# 相思令·距离

枝绕藤，
树绕藤，
藤树相依不共生。
荫浓鸟更鸣。

难相逢，
盼相逢，
相抱淋漓雨打萍。
远离更有情。

**注：**本词双调三十六字，又名《忆多娇》、《双红豆》，各三平韵，一叠韵，末句不能犯孤平。夜读发现，许多言情小说都在一定套路中，靠机巧吸引读者，要么大团圆，要么成永诀，要么有纠葛。难得民国才女林徽因与梁思成、徐志摩、金岳霖之间真正演出了一幕人间爱情现实剧，动情动人动历史。2010 年秋。

# 江城子·观球

偷闲相伴紫金岗，
整杆装，
试挥忙，
冬草微黄、驾车下坡梁。
驱赶小球飞果岭，
沙坑越，
绕湖塘。

绿坪近处彩旗扬，
测短长，
细思量，
气定神闲、身手比孙郎。
一道银光扑洞口，
心快畅，
体舒康！

**注：** 本词双调六十七字，前后阕格式同，各五平韵，一韵到底。又名《村意远》。人人皆有所谓的体育爱好，然爱好深浅不一，有的真爱好，有的只是懂一点点。过去只知锻炼而已，不曾体会到何为爱好。同有爱好的朋友在一起，让人深受教益，终于明白了爱好就是爱好，个中三昧只有爱好了才能懂得，只有懂得了才是享受。2011 年冬于南方。

# 忆江南·三亚

三亚好，
海水碧如蓝。
热带雨林游氧吧，
天涯海角晒沙滩。
欢闹似青年。

**注：** 本词单调五句二十七字，二四五全押平韵，原名《谢秋娘》。于2012年春。屡至三亚，再游三亚，次次心情均不差。过去天涯海角，穷乡僻壤；现在祖国花园，游人如织。三亚给人健康，使人欢乐，让人年轻。

# 五律·黄寺小聚

屡朝佛学院，新会阳光楼。
聚首凭缘分，往来皆自由。
举杯禅有意，挥笔心无忧。
正月京城冷，乡情似暖流。

**注：**昨晚黄寺聚会，夜拟小诗一首，今短信达之，以谢诸位兄弟。阳光楼为北京黄寺佛学院新起教学楼，庄严肃穆。世交兄长在此供职修建，诚为善事也。兄曾言，此间可忘忧，浮生相尽欢。为善得善报，心如天地宽。共勉。2012 年 2 月 1 日。

# 考察随感

天过半来人五旬，
静如湖面起烟云。
冯唐今日持节至，
聊慰亲朋一片心。

**注：**人过五十，心已平静。今天终于来了有关部门的考察组，结果当然很好，不是自己要好，而是同志们的共同心愿。多年后备、民意排第一，今天总算有个结果。众志成城，就像当年主席讲的是亚非拉人民把中国抬进联合国一样，是同志们把自己抬进了“班子”里，感谢领导和同志们。恰逢今日“情人节”，就算老天给送了个红包吧。难怪有同志讲，你今儿算是双喜临门。于2012年2月14日。

# 五律·子夜品茗

主人相见晚，
酒后复尝茗。
舌浅甜味淡，
鼻深香气浓。
千芽方一笼，
百序始完工。
树是清明嫩，
茶为函谷红。

**注：**三门峡人民热情好客，富于创新，竟引进技术推出自产茶品曰“函谷红”，味似福建金骏眉，微甜略香，别有一趣。晚间与主人茶叙工作，老朋友相见，其乐融融。2012 年 8 月 8 日。

# 访渑池二首

### （一）韶山

韶山脚下水声喧，
沟壑纵横黄土塬。
田野弯腰拾陶片，
千年历史到眼前。

### （二）仰韶村外

村外田园处处陶，
擦擦洗洗认前朝。
不知淘米谁家罐，
一碎千年饭香飘。

**注：**仰韶文化乃中华文明源头之一，全球闻名。散步田间，稍一留意即见黄土中裸露出的千年陶片。捡起片片碎陶，即捡起一段段历史，每片陶上都隐藏着一段文明往事，使人想起先民们丰富多彩的生活故事。2012年8月9日于三门峡市。

# 七绝·开封赏菊

红黄白绿似流霞，
琴谱画风泻玉华。
秋月难掩清香韵，
凌霜更显君子花。

**注：**千年开封，又称菊城。菊为花中“四君子”之一，冰清玉洁，冷艳素香，即使秋月渐寒，仍抱香枝头，骨气依然。自宋徽宗始，人们更爱菊，种菊，品菊，画菊，咏菊，谱菊，为世人称道。菊花节已历三十届，届届精彩，游人如织，看菊，赏菊，赞菊，叹菊，于菊中增长知识，陶冶情操，培养浩然之气。人菊互映，相得益彰，此为君子之乐也！2012年10月。

# 七律·南海

春节钓垂南海上，
观涛赏景晒阳光。
蔚蓝洋面无穷阔，
葱绿岛礁不觉荒。
水下潜游寻螺贝，
船头烧烤有虾鳇。
一年最是此时好，
老少同堂兴味长。

**注：**节日期间到南方休息，尽享天伦，全家老少无不喜气洋洋，这是多少年来少有的闲暇啊。看着久病的二妹也笑容满面，一直担忧的心里宽慰了许多，此行很可能是二妹这一生最后一次到南方疗养了，但愿自己能多尽点家庭责任。手机写于游艇返岸途中。癸巳年春。

# 五绝·郭尔罗斯草原

绿草天边尽，
白云树后飘。
风吹可人意，
马唤自心高。

**注：**郭尔罗斯草原位于吉林省松原市郭尔罗斯蒙古族自治县。境内有著名的查干泡子，土地肥沃，草场广阔，农牧渔产均丰富，吉林油田的磕头机遍布，经济总量为全国120个少数民族自治县之首。沿途所见，天蓝云白，草原辽阔，绿树成带，人烟稀少，秋风送爽，色彩斑斓。这里，“天低云浓”，天低得可触，云近得可摘，长处京城，这种熨帖舒心的感觉久未有之了。2013年8月。

# 清　风

连日蝉鸣噪树间，
午休人静难入眠。
云飘窗外凉风至，
偷闲一挥在暑天。

**注：**时值盛夏，中央国家机关举办“清风”主题书画展，答应参展已久，然苦无时间与情致，不想今日一气呵成，有赖于天送凉风也。于2014年7月中旬。

# 忆王孙·书法

描帖铺纸兴来临，
疏密迟疾浮与沉，
对舞操琴知浅深。
静身心，
笔走龙蛇如有神。

**注：**本单调三十一字，又名《豆叶黄》、《画娥眉》。五平韵，一韵到底。近年沉醉书法艺术中不易自拔，常痴迷读帖、临帖，短短几行字，端详多半天，翻来又覆去，深谙其中味。由流利畅快到徐疾自如，由平铺直叙到疏密有致，由漂浮虚滑到力透纸背，由千篇一律到性情毕现；似舞蹈，似画图，似乐曲，似咏叹；有构图，有造型，有节拍，有旋律，真是非书法中人难以体会。书法为传承，书法为传统，书法为美育，书法为境界，于国于民益莫大焉。2014 年冬。

# 春 雪

窗外见飞雪，
疑是梅花开。
相期一岁尽，
才言今春来。

**注：**农历2015年（羊年）正月初二晨起，见瑞雪飞舞，十分惊喜，马年无雪，现在终于盼来了。虽属羊年雪，毕竟是马年的积累、延续与释放，心里一样惬意。正好当天要乘高铁“永济号”回故乡，好像天通人意一般，于是带着春雪，带着喜悦，带着诗意回家去。沿途以此短信回复诸位春节问候的朋友们。

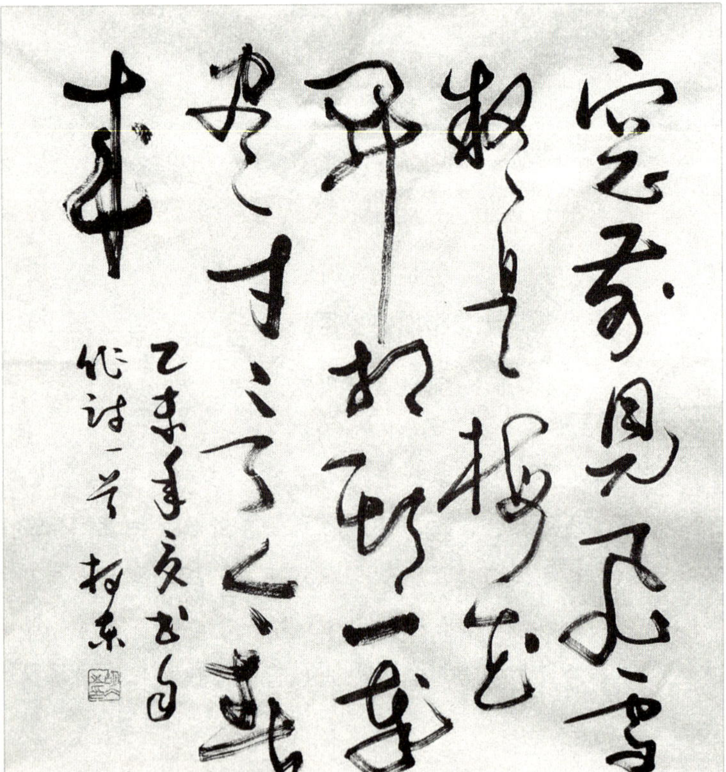

# 只　要

只要绿草还在田野生长，
我就永远满怀希望。
即使秋冬来临也算作休憩，
来年里依然迸发出青春的力量。

只要鸟儿还在枝头欢唱，
我就永远满怀希望。
即使黑夜来临也算作等候，
黎明里依然歌声悠扬。

只要小溪还在山间流淌，
我就永远满怀希望。
即使冰雪来临也算作积蓄，
春天里依然欢快作响。

只要白云还在头顶飘荡，
我就永远满怀希望。
即使风暴来临也算作常态，
天空里依然留存着梦想。

**注：**写于2015年4月。人生有季节，老天有阴晴，无论什么时候什么境况，都不要失去希望和梦想。该开的花会开，不开花时享受个种植过程，再栽新的品种。太阳落了有月亮，月亮下去还有太阳，一切都算作正常。一蓑烟雨任平生，平静、坚忍、快乐就好。

# 芝兰馨香篇

# 党　校

从暑热未退的初秋日，
到白雪皑皑的深冬里。
这是一段默默耕耘的日子，
也是一段硕果累累的日子；
是一段焕发青春的日子，
更是一段终生难忘的日子。

我们一起学习、讨论、参观，
一起吃饭、喝酒、神侃；
一起爬山、荡舟、散步，
一起打网球、学游泳、练太极拳；
一起开运动会，一起搞摄影展，
一起到上海、去浙江、走安徽、赴重庆、下海南。

我们共同洒下学习和生活的汗水，

我们共同心连心手拉手重新出发。
思考在相互撞击下达成共识，
才智在相互启发下迸发新芽；
素养在相互熏陶下不断提高，
友情在相互交往中节节开花。

美好的日子过得飞快，
永远的友情面向未来。
不要问“永远”有多远，
永远不是一个具体的实指，
而是一种隐隐约约的牵挂，
它天涯若比邻、真情浑似海；
永远不是一个振臂高呼的口号，
而是一种实实在在的心态，
是一种久久难忘的情怀。

**注：**2006 年 9 月至 2007 年 1 月，自己在中央党校愉快地度过了四个半月的学习时光。回首往事，历历在目，同学相对，感叹不已。在这段日子里，我们收获的不仅仅是思想、智慧和知识，更重要的是收获了人生的体验、生活的启迪和深厚的友情。写于 2007 年 1 月毕业前夕。

# 答君问

原君祝福至，
方醒佳节临；
身处江湖上，
喜得问讯勤。
人生路漫漫，
四处去打拼。
兄弟情谊在，
偶尔传话音。

**注：**2008 年 9 月 8 日短信回复。忽接朋友短信问候，才知中秋就要到了。忙忙碌碌的工作被瞬间的问候打断，心里反而涌起一阵温暖。要奋斗，也要会生活，友情是生活中的润滑剂，有了它，日子才过得有滋有味。

# 西江月·呈欧阳先生

书海弄潮旗手，
学山泰斗为先。
讲台三尺有承传，
公论丰碑无限。

谁比老翁辛苦，
肩扛巨笔如椽。
闲庭有意或无间，
飞舞龙蛇是范。

**注：**双调五十字，又名《江月令》，前后阕格式同，两平韵一仄韵互押，起首句一般要求对仗。2010 年夏某日，在欧阳中石先生家聆听先生讲书论学，深受教益。先生为自己题写书房牌匾，更为感动，现场敬填拙词一首，请先生指教。

# 七律·四川行

永济村头方聚首，
锦官城内又相逢。
窄宽巷子迎宾酒，
一路岷江送客程。
深浅竹林峰似海，
半山细雨润无声。
峨眉千古传香火，
普照人间佑吾生。

**注：**2011 年 10 月四川出差，沿乐山、峨眉山、宜宾一线向云南行进。二妹艳玲随妹夫正在四川打工，龙、虎二弟也专程陪同，他们一路相送至云南交界处，情景感人，难以忘怀。自己白天工作，晚上与他们畅谈，度过了令人难忘的十分愉快的几天好日子。看着带病的妹妹和大家一起欢笑，忘记了病痛，心里非常快乐和幸福。登上峨眉金

顶，不由心中祈祷，愿千年佛光保佑我们大家平安、健康，永远快乐！心中默念，成诗二首，以为留念。锦官城，成都古称。宽窄巷，街道名。

# 生日述怀赠诸友

五十年来望功名，
今晨清醒笑谈中。
时光只要不虚度，
原本人生重过程！

**注**：一转眼就五十周岁，过去看别人这样感慨，没想到终于轮上自己了。所谓年过半百是也。年过半，功未过半，任谁都会感叹！历史的车轮就是这样无情地碾过来，碾碎了一切空想，也碾醒了一切人。从现在起，新的一天就来了，你是青春不减，激流猛进，还是脚踏实地，顺应时序；是颓唐放纵，百无聊赖，还是知足常乐，心静如水，抑或还有其他，都到了不得不选择的路口。不论你是骄傲，还是遗憾，不论你是早有谋划，还是得过且过，留给你的时机已然不多。五十岁，人人都绕不过去的坎；五十岁，刻骨铭心的日子，感慨记之。辛卯腊月某日作。

# 减字木兰花·笑傲江湖

胡郎不老，
人在江湖心自傲。
做些杂工，
三二精神足对应。

读书写字，
涵一快斋堪陋室。
鹤野云闲，
无限江山双鬓斑。

**注：**该调四十四字，上下格式同，平仄换韵“甲乙丙丁”，又名木兰香。年值半百，情绪异常，有激动，有展望，有悲壮，有忧伤，有淡泊，有狂放，天生我才总有用，用途大小听天命。达则兼济天下，穷则独善其身。噫嘘乎！于2012年2月。

# 梅花引·故友相聚

白茅酒，红洋酒，
彩灯初上重逢首。
敬全桌，再斟酌，
畅谈声笑，
千愁变欢歌。

古来贤圣春风远，
楼上长啸秋意晚。
喜相逢，又相逢，
如烟往事，
无官一身轻。

**注：**调名来自李白诗“羌笛梅花引，吴溪陇水清”。宋贺铸名《将进酒》。双调五十七字，上阕三仄韵转三平韵，下阕两仄转三平韵并有叠句。逢纪念日，诸位兄弟不约而同从四面

八方赶来京城，欢聚一堂，令人感动！拿酒来，斟满杯，觥筹交错喜相会。谁言多年不喝酒，只因未到动情处；谁言几杯就会醉，酒逢知己心里美，十杯百杯才兴奋。身心累，莫发愁，兄弟一聚就忘忧，有官无官随它去，一生情谊水常流。于2012 年 2 月。

# 谒金门·慈母

娘辛苦，
为儿弃家乡屋。
好菜几盘常下厨，
味道香似故。
纵是高门幕府，
难得品尝生妒。
饭后望行平顺路，
不求侯万户。

**注：**元旦兄弟们到家来，老母亲高兴，亲自下厨赏饭，唯望大家平安健康。家庭宴会非至亲不举，为之感怀，顿悟。此调四十五字，前后阕后三句格式同，句句仄韵。2012 年元月 2 日。

# 如梦令·相聚

昨日颐园行走，
冰雪瘦杨寒柳。
入夜聚香山，
话往事情如旧。
斟酒，
斟酒，
痛快半生何有？

**注：**逢生日纪念，几天来心情久久不能平静。兄弟聚首诚为快事，情景难忘结为长短句以纪念。此调三十三字，平仄外带叠句，六仄一韵，又名《宴桃园》，原意亦洽。2012年元月。

# 鹧鸪天·冬饮颐和园

仗剑读书万里游，
少小志气觅封侯。
笑谈醉饮颐园畔，
梦里高歌鹳雀楼。

年半百，
又冬秋，
萧萧草木落满洲。
冯唐易老雄心在，
思绪悠悠泪自流。

**注：**我国四大名楼之一鹳雀楼坐落家乡永济，唐人王之涣诗使其名扬天下。本词一为梦恋故乡，二为梦上层楼。又冬秋句主要感觉时光易逝，而草木摇落更添苍凉。此调五十五字，上下阕各三平韵，一韵到底，平仄依例。上阕三四句下阕一二句多用对仗，又名《思佳客》。2012 年元月初。

# 祭吊先师

呜呼先师，名讳尔迁，耳顺才逾，何故仙逝？
生于条山，魂归故里，黄河呜咽，草木嘘唏！
痛哉哀哉，我辈悼之！

先师宽厚，堪当楷模，慈眉善目，宅心仁义。
先师讲礼，教书育人，呕心沥血，桃李遍地。
先师智慧，授业解惑，中国文学，传承哲理。
先师有信，忠诚朴实，和谐校园，友好邻里。
先师辛劳，勤俭持家，扶老携幼，农民本质。
哀哉痛哉，我辈念之！

为人为师，有口皆碑，美德在望，高风仰止。
敬酒不及，我心伤悲，天人相隔，音容铭记。
呜呼哀哉，我辈承之！

遥望故乡，祷告天地，焚香三炷，安送吾师！
尚飨，尚飨！

**注：**2012年5月22日惊闻噩耗，大学时代的王老师不幸心脏病发作突然去世，不禁悲从心来，去年来京时还约定来年再来，不想已成遗念。刹那间，音容笑貌充满脑海，止不住泪落湿巾。打开手机，问候家人过后，遂吟祭文一篇，短信发送其他同学代为灵前祭奠。

# 秋日有感呈兄

乘兴拜兄长，
“打机”到沈阳。
秋深草半褐，
日中菊正黄。
把酒谈“世道”，
推心辨阴阳。
顺时人不老，
风雨悟苍茫。

**注：**昨晚飞沈今晨归郑，故从“打车”启示有“打机”一说。草褐菊黄之深秋，与苏、孙诸兄围绕《世道》（苏兄著），谈古论今，思辨时世，受益良多，深感人事有代谢，天地存玄机。古之名士有“乘兴而去，兴尽而归”之故事，今日归来则兴致盎然，有意犹未尽之感，以为记。2012 年 10 月 22 日于郑州。

# 赠友人

飒爽英姿旧日景，
汾河两岸故人情。
陈年老酒与君醉，
笑谈品味话半生。

**注：**2012 年 11 月路过太原，同学相聚，忆昔风华正茂，如今饱经沧桑。而看人看事也更加冷静客观，更加珍惜平安生活的来之不易。

# 读兄诗回赠

戎马少年今称翁，
一生飒爽是吾兄。
雪原林海留足印，
大笔如椽舞长空。

**注：**2013年元旦接到赵兄从祖国南海上发来的短信诗歌一组，甚喜。兄身为中国书协驻会副主席、党组书记活动繁忙，时常组织一些影响较大的全国性活动，力推书协工作更上台阶，可敬可佩。兄风流倜傥，为人仗义，才华横溢，堪为吾辈楷模。

# 七律·南疆

万里长空望四荒，
海天一色正茫茫。
澄阳南域发新草，
薄雪京城落古墙。
窗外风云难在意，
朝中事业直牵肠。
小龙安卧青霄上，
游子源头在故乡。

**注：**次韵先贤乡党柳宗元登柳州城楼于南疆高空有感。2013 年癸巳正月初二于飞往三亚空中。北京尚飞雪，南疆已是夏，风物虽有异，心暖才是家。再好的外地也是他乡，而非故乡，故乡永远都是游子们的根和梦。

# 中秋前夕

去年今日月儿圆，
今年今日阴雨天。
二妹回乡养元气，
老妈出院待愈痊。
因缘心内时时闹，
群教本局处处关。
党校学习成一统，
苍茫秋色尚平安。

**注：**中秋即至，秋雨阴冷，不似去年爽朗。二妹留京治病已数年，因病魔折磨日渐羸弱，前日亲自乘车送老家疗养，放心不下。老母亲因“风心”病致脑梗，自4月来住院不断，上月术后渐愈，少许欣慰。家务事烦，近日情绪有波动。单位又值“群众路线教育”活动，一关接着一关，批评整改任务繁重。虽一时有幸到西山脚下中央党校省部班学习战略课程，然内心难静。恰逢中秋阴雨，远望西山，秋色茫茫，引发情思无限！2013年9月18日。

# 天 府

天府巡察感悟深，
绿水青山面貌新。
落凤坡头听民意，
五丁谷口会高人。

**注：** 2014 年 6 月 29 日出差四川德阳。逢当地一位领导仁兄，高谈阔论，见解独特，妙语成珠，幽默风趣，基层经验显得十分丰富，让人佩服。落凤坡、五丁谷皆地名，与三国故事有关。

# 温暖的眼睛

叮咛的时候，
用心在倾听；
嘱咐的时候，
也点头答应。
是连理枝，
却怕同样的枝杈遮住你的身影；
是并蒂莲，
却更想做莲叶衬托你的风情。
有时激越，
只为了内心坦诚真切；
有时沉静，
只为了精神澄澈透明。
近时，
请摸一摸我的心口，
这里有我滚烫的感情；

远时，
请数一数天上的星星，
那里有我温暖的眼睛。

**注：**写于2015年初。生活是具体的，需要相互关心，同时也需要超脱，需要精神上的相互补充与映衬，二者应有机统一，“温暖的眼睛”是美好而永恒的。

# 减字木兰花·薅野菜

春光既溉，
我伴老妈薅野菜。
“八十”领前，
“五十”提篮跟后边。

满园绿态，
教认蒲公英叶窄。
泥土浑身，
犹梦儿牵娘后襟。

**注：**双调四十四字，上下阕同，句句用韵，两仄两平，方式是“甲乙丙丁”。又名《减兰》、《木兰香》。阳春三月，草长莺飞，陪伴老娘园中散步。见野菜遍地，近八十岁的娘教五十余岁的儿重新辨认蒲公英、“铁片”、“油油菜”之区别。三种野菜刚长出来都很相像，“铁片”叶子宽大，叶齿呈半圆

形；“油油菜”叶子又窄又长，泛着油光；而蒲公英叶片窄长，叶齿为三角形，洗净开水一焯，可口败火。遂不顾泥土染身，弯腰拔菜，喜得蒲公英菜一堆。此情景何曾相识，不由梦回儿时。几十年来再没有陪娘薅过野菜了！难得一乐，是为记。2015 年 4 月。

# 假　若

假若没人赏识你，
不要急，不要恼；
你是为自己活着，
偷偷开心也好。
假若生活不如意，
莫悲伤，莫失落；
何如寻找新的风景，
快乐的日子还有很多。
太阳下，
有时也渴望辉煌灿烂的时刻，
但世界没有遇到你，
不是你的错。
不妨看看月空，
恒久的巨大星辰也只是点点闪烁，
有时，
更需要的可能还是宁静与淡泊。

**注：** 写于2015年4月。辉煌时刻令人神往，夜静时分也应安详。古人云，达则兼济天下，穷则独善其身。对于多数人而言，首先应该修身齐家，以自我之德养奉献于社会，而不应在意虚名虚功，徒增烦恼。

# 也　许

也许隐退的时候到了，
我没有留下遗憾，
只留下一份事业，其他人照样在做。
我不想成为所谓光鲜的政客，
在二十一世纪的中国，
只想如普通人一样去生活。

也许转身的时候到了，
我心中有的是希望，
这希望源于少年仰望星空时的梦想。
没有喧嚣，没有卑微，
只要拿起笔来耕耘，
一行行跳跃的诗句就在纸上欢唱。

也许太阳的升起与落下都是一样，

因为东隅和桑榆本来就在同一条地平线上；

也许黎明和黄昏都是一样，

因为东方的启明星和西方的长庚星本来就是同一个星象。

**注：**写于2015年4月。似水流年，忽然间有了一丝退休的感觉，这种感觉居然很温馨，很安然，很恬静。心静如水，对人生，对工作，对生活能够泰然处之、淡然待之、悠然享之了，虽不算大彻大悟，也算是一种修炼的结果。事物有规律，人生有节奏，动静之道，一张一弛，一定要冷暖自知。

# 鹰的空间

幸福与不幸的区别，
其实不在财富，
而在心灵的空间。
让贫穷堵塞了空间是悲哀，
让名利填满了空间更可怜。
看看鹰的样子吧，
思想就会冲破牢笼。
驻立时，
一边阅读一边欣赏；
展翅时，
一边飞翔一边遐想。

**注：** 泰戈尔说过，一个真正的富翁会为自己留下大量的自由时间。大千世界，芸芸众生，能够清醒地活着实属不易。忙忙碌碌中，有的为生活所逼迫，有的为名利而焦

灼，为心灵留下的空间很少，为后人留下的人生体悟更不多。这样的人生可以同情，但不值得尊重和追求。人生的幸福应该在于心灵的空间大小，愿与大家一起体会。2015年4月。

# 送　行

当你离开时，
请不要忘记，
不论什么时候，
离不开的是“学习”二字。
有了它，
你的精神会快乐之至。

当你出门时，
请不要忘记，
不论什么地方，
离不开的是“人品”二字。
有了它，
你的生命会崇高之至。

当你前行时，

请不要忘记，
不论什么行当，
离不开的是“为善”二字。
有了它，
你的灵魂会安宁之至。

当你走远时，
请不要忘记，
不论什么身份，
离不开的是“情义”二字。
有了它，
你的生活会快乐之至。

**注：**写于2015年5月12日。随着中央纪检体制改革的推进，原来的组织解散了，属下的同志们到了新的单位。送行会上心情别样，既高兴又遗憾，千言万语凝成几句话赠予大家，祝同志们一切顺利。

# 异国情思篇

# 马克思故居

寻根溯源，老祖宗这里有主义；
温故知新，承继者那边求发展。

**注：** 2008 年 10 月底自己与国庆老弟带团赴德国培训。11 月 7 日，车行边境小山城特里尔。这里是马克思的故乡，古罗马的陪都。德国母亲河摩泽尔河静静流过她的身旁，风景十分优美。美国次贷危机后，“马克思研究”反而更热了。有人幽默地讲，两个德国人在说法语的国家用英语写了一部著作，指引俄国人和中国人闹革命。1818 年诞生马克思的布吕肯街 10 号这座巴洛克式建筑，让无数人到此沉思。瞻仰结束后，自己在留言簿上写下了以上文字。

# 海德堡小城

踏着长满绿苔的砖道向上爬去，
有一条哲学家小道缠在山腰里。
海德堡的哲人常来散步沉思，
大文豪歌德在此留下过优美的文字。

山下教堂的蓝色尖顶，
混杂在五颜六色的异形民居里。
深秋时的山城画卷，
离不开漫山遍野万千草木的色彩淋漓。

对面雄伟的古堡已是断垣残壁，
夕阳下更显得悲凉、斑驳与狼藉。
波光粼粼的内卡河水静静流过，
身旁 1386 年的海德堡大学无限神秘。

几个人影或走或跑在小道尽头消失，
周围的山林一片静谧。
眼前不时飘落的秋叶，
搅动着心头飘飞的遐思。

这里有古老也有新生，
有政治的残酷也有文明的承继。
有金钱的冰冷也有人性的解放，
有自由精神的追求也有哲学律令的启迪。

**注：**2008 年 11 月 14 日于海德堡。本次出国行程即将结束，来也匆匆，去也匆匆，这遥远的国度引发人思考的东西很多，特别是德国人的精神世界，给人留下深刻印象。

# 金门大桥

远远望去，
凌空的桥身和悬索相连，
在阳光照射下金光闪闪，
像一道彩虹印在西海岸登陆人的心间。

上百年来的美国梦，
让无数华人漂洋过海不畏艰难。
汗水和着泪水的移民故事，
滋润着繁花茂盛的旧金山。

辽阔的太平洋岸，
漂泊着三三两两灰的轮船和白的帆船，
天空浅蓝明净，
几个海鸟借着风势在自由盘旋。

每把故乡怀念，
穷人和富人都喜欢到这里隔海相看：
那里是太阳初升的地方，
那里有永远眷恋的祖先。

**注：**作于2010年10月美国旧金山，参加中央国家机关行政效能赴美培训团活动时。旧金山大区是美国第五大城市群，地区人口700多万，华人占了百分之十几。中心城市圣弗朗西斯科人口约70万，华人通常把这里叫三藩市，是音译的简称，官方称旧金山。这里气候宜人，一年无四季。著名的硅谷就坐落在此地。1937年修建的单孔跨度达1200米的金门大桥是西海岸著名的景观，这里与祖国大陆隔海相望。陪同的人讲，过去许多华人思念家乡时就喜欢到此眺望，大有于右任先生那首著名怀乡诗的意境：高山遥望、万水迢迢、念国怀乡、无限感慨。

乙未夏月

# 从爱丁堡到伦敦

雾中挥别，
古老的车站和高耸的城墙。
迎面苏格兰高地辽阔的草场，
徜徉着黑黑的牛群和白白的羊。

雾里朦胧，
Edinburgh（爱丁堡）的黄昏韵味悠长。
像一幅大泼墨翻卷在西天，
带着浓浓的威士忌的厚重和葡萄酒的醇香。

雾淡雾浓，
一群海鸥在空中自在飞翔。
大西洋的风掠过茂密的野草和灌木丛，
远处送来一波波白花花的浪。

雾聚雾散，
Edinburgh（爱丁堡）的晨曦印在天上。
像风琴声中展开五彩斑斓的苏格兰花裙，
充盈着无限的朝气、神秘和奔放。

雾过天晴，
一幢幢灰的屋顶悄悄地散在山梁。
沟沟汊汊的流水在自由欢唱，
阳光下排排树木泛着潮腥染得满眼金黄。

雾中映像，
依然是遍地的绿草和随处的球场。
绅士般的沉静与孤傲定格在Gorf（高尔夫）的优雅一挥，
更有那足球场上骑士们的热情、勇猛与发狂。

雾的London（伦敦），
泰晤士河水静静流过达尔文、牛顿和莎士比亚的身旁。
日不落的余晖不在伦敦塔、大本钟和金融城，
却映在牛津街女人们平和、高雅、泛着光泽的脸上。

**注：**2014年11月，自己带队赴英国学习考察公民投诉制度等相关工作。从伦敦到爱丁堡，再从爱丁堡到伦敦，深入了解到英联邦在维护公民权益方面的所长。工作之余，心情亦

好。一路所见，气候湿润，风光宜人，人文精神厚重，特别是英国人的绅士风度，给人留下深刻的印象。11 月 20 日于返回伦敦的火车上。

# 剑 桥

多少次，
心里在默念声声，
剑桥，剑桥，
终于触摸到了你的曼妙身影。

雨的剑桥，
湿漉漉的生态小城。
细雨笼罩着茂盛而斑斓的树丛，
斜风从静穆矗立的红砖灰瓦里送来一阵阵钢琴声。
弯弯流过的剑河桥头的柳荫下，
仿佛看见一个打着伞的诗人在踽踽独行。

夜的剑桥，
神秘秘的圣洁小城。
狭窄幽深的条条石径通向这些黑黢黢的百年学院，

一排排书架隐约出现在灯光映照下的窗棂。
再仰望头顶那清凛深邃的星空，
感觉像飘荡着千百科学家拍着翅膀的英灵。

光的剑桥，
清凌凌的希望小城。
爽朗的阳光穿过云层把树上的叶子涂成金黄，
鸟儿在教室后漂着落叶的小潭边跳跃欢鸣。
背着书包不同肤色的男女学生匆匆走过，
怀揣着理想千里万里来追逐人生的梦。

多少次，
梦里在呼唤声声，
剑桥，剑桥，
终于领悟到了你的崇高性灵。

**注：**2014 年 11 月底于剑桥。熟悉剑桥，不仅是这里有世界最著名的学府，有众多的思想家和科学家，更是因徐志摩的《再别康桥》。神秘幽静的剑桥，是多少人神往的圣地，今天，终于来到了她的身旁，更感受到她的思想之光。